안녕, 내 마음

독자님, 이렇게 책으로 만나뵙게 되어 영광입니다.

블로그, SNS, 유튜브 등에 이 책을 읽은 리뷰를 남겨주시면

큰 힘이 됩니다.

리뷰에는 사진을 찍어 올려주시면 더욱 감사합니다♡

동영상으로 촬영하셔도 됩니다.

독자님의 따뜻한 감상평은 독서의 시간을 더욱 아름답게 할 것입니다.

앞으로도 더 좋은 책으로 만나뵙겠습니다.

안녕, 내 마음

하미향

마음세상

애달픈 그리움의 늪

몇날 며칠을 침대 위에 누워 있었는지도 모를 만큼 정신이 아득했다. 갑자기 얼굴 위로 쏟아지는 눈부신 햇살에 떠지지 않는 눈을 겨우 떴다. 열려 있는 창밖으로 파란하늘에 펼쳐진 구름이 유난히도 하얗게 보였다. 그 구름들 사이로 돌아가신 어머니의 얼굴이 언뜻 보였다. 나는 어머니의 얼굴을 실제로 분명히 보고 있는 것처럼 느껴졌다. 어머니는 나를 향해 무척이나 어두운 눈길을 보내셨는데 그것은 내가 어릴 적, 아플 때마다 보았던 걱정하시던 안타까운 눈빛이었다. 어머니는 그때처럼 말씀하셨다.

"사랑하는 내 딸, 빨리 자리에서 일어나야지. 네가 아프면 엄마도 많이 아프구나."

어머니가 마치 살아있는 것처럼 너무나 생생하게 느껴져 몸을 벌떡 일으켜 다시 하늘을 바라보았다. 그러나 어머니는 순간 보이지 않았고 나는 필사적으로 손을 뻗으며 울부짖고 말았다.

"엄마, 가지 마세요. 가지 마세요. 엄마, 엄마, 엄마."

내 눈에선 눈물이 흘러내렸다. 아무리 불러도 어머니는 보이지 않았고 눈물은 얼굴 가득 흥건해져 있었다. 꿈인지 생시인지 분간이 가지 않았고 눈물을 닦으려고 자리에서 몸을 일으켰으나 현기증 때문에 어지러워 다시 침대에 눕고 말았다. 그러면서 생각했다. 내가 너무 아프니 헛것이 보이는 구나. 나는 그렇게 자주 아팠다. 갱년기에 접어들어 몸의 기능에 문제가 생겨 아픈 것도 있었지만 매년 명절이 다가올 때쯤 너무나 고통스럽게 돌아가신 어머니가 생각나 미칠 것만 같아 견딜 수가 없었다.

다른 이에게는 명절이 보고 싶은 부모님을 찾아가는 날이라면, 내겐 부모님이 더욱 그리워지는 날이라 명절이 다가오는 것이 두렵기까지 했다. 명절에 그리운 부모님을 찾아갈 수 없다는 건 어쩌면 형벌과도 같은 것이나 다름없는 것이었다. 더군다나 어머니가 만들어주시던 맛있는 음식을 먹을 수 없다는 것도 나를 더욱 슬프게 했다. 어머니가 살아계실 때 명절 전날, 만들어주시던 맛있는 음식들을 맛보며 얼마나 좋았는지 모른다. 내가 좋아하는 생선구이와 잡채와 산적 그리고 소고기 국까지 하나씩 맛보며 맛있다고 말할 때마다 어머니는 환하게 웃으셨다. 어릴 때부터 입이 짧아 아무 것이나 잘 먹지 않았던 내가 맛있다며 먹고 있는 모습이 기특하고 기쁘셨던 것이다.

문득 생각해보니 부모님이 계시지 않은 내 고향 부산에 가보지 않은 날들이 꽤 흘러 있었다. 부산을 떠난 지 어언 15년이란 세월이 지나서야 나는 비로소 부산을 찾아야겠다는 생각을 했다. 내가 이렇게 아픈데 그 아픈 이유가 도대체 무엇 때문일까? 곰곰이 생각해보니 그것은 어쩌면 늘 그립고 그리던 고향에 대한 향수와 잊고 싶었지만 잊을 수도 잊혀 지지도 않았던 그리운 것들에 대한 기억들 때문이었던 것이다. 지나간 시간들이 주마등처럼 스쳐지나갔다.

깊은 상처로 남은 기억

대학생이었을 때 만난 남편과 5년 동안 연애를 하고 결혼을 해 시모님과 함께 의류사업을 하다 시어머니께서 갑작스레 위암 말기 판정을 받고 안타깝게 돌아가시고 난 후, 걷잡을 수 없는 많은 일들이 일어났다. 모든 것들이 돈과 연관된 일이리 그렇게 내 젊은 열정을 쏟았던 사업을 접어야만 했다. 빚쟁이들이 내가 살고 있던 집과 모든 것들을 앗아갔고 나는 다시는 일어설 수 없을 만큼 크나큰 타격을 입고 말았다. 물질적인 것은 물론 모든 것을 잃었다. 돈도 사람도 경력도. 무엇보다 견딜 수 없었던 건 자존심에 심한 손상을 입은 것이었다. 나를 믿는 사람들에게 내가 믿지 못할 사람으로 비춰지게 된 것, 또 믿었던 사람들의 배신, 그 배신감은 몸서리쳐질 만큼 나를 힘들게 했다. 풍족하게 누리고 있었던 것들을 잃게 만들어줬던 장본인들이 오히려 나를 원망했고 괴롭히며 못살게 굴었다. 불가항력적으로 일어난 사건들로 인해 나는 오랜 시간동안 그 데미지에서 벗어나지 못했었다. 사람으로 인해 상처받은 마음은 그 누구도 믿지 못하게 만드는 엄청난 위력을 발휘했다.

살던 집에서 쫓겨나 어디로 갈 곳이 없었을 때 내 어머니의 도움으로 자그마한 집을 구했으나 아파서 다시 일을 시작할 수 없었다. 거의 집에서 지내는 날들이 많았다. 마음의 고통은 몸의 고통으로 이어졌고 그때는 모든 사물들이 환영으로 보였다. 겨우 잠에 들면 잠을 자는 동안 꿈을 꿨다. 나를 원망하며 내게 온갖 협박을 해대는 사람들에게 시달리며 도망가는 꿈을 수도 없이 꾸며 잠에서 깨어날 땐 무섭고 두려워서 다시 잠에 들 수조차 없었다. 내가 그 지경이 된 원인이 자신의 가족들 때문이라 판단한 남편이 모든 관계를 정리하고 서로 교류를 하지 않기로 선언한 이후, 거의 매일 전화폭력이 이어졌고 그것으로 인한 정신적인 스트레스는 내게 벗어날 수 없는 늪처럼 견딜 수 없는 큰 고통을 안겨줬다. 또 사업을 할 당시 너무나 바빠서 식사조차 제대로 할 수 없는 환경에서 강도 높은 노동을 감행하며 이미 몸은 축날 대로 축이 나 있었기에 건강을 되찾기 위한 노력이 절실했지만 그것마저도 내게 허락되지 않는 충격적인 일이 발생하고 말았다.

미칠 것만 같은 상실감

내가 결혼한 지 3년이 지날 때 쯤, 세상에서 가장 신뢰하고 존경했던 사랑하는 친정아버지께서 돌아가셨다는 비보를 듣게 되었다. 자식들을 너무나 사랑하셨던 내 아버지가 간암 말기로도 모자라 아예 손을 쓸 수 없을 만큼 힘들고 고통스럽게 투병생활을 하시다 끝내는 삶을 달리하고 말았을 때, 나의 고통은 극을 치닫고 있었다.

사랑하는 아버지, 항상 자식 잘 되기만을 바라셨던 언제나 다정하셨던 내 아버지의 죽음은 내게 이 세상에서의 삶이 더 이상의 아무런 희망과 가치가 없는 것같이 여겨질 만큼 희망 없는 삶이 되는 것 같은 큰 절망을 안겨줬다. 더군다나 아버지는 내가 겪었던 모든 일들을 다 아시고 가슴 아파하셨는데 그 사실에 자식 된 도리를 하지 못한 것만 같아 나는 견딜 수 없는 아픔을 삼킬 수밖에 없었고 아버지의 죽음을 알게 된 그 이후의 시간은 내게 죽음과도 같은 시간이었다. 아버지께서 살아계실 때 단 한 번도 제대로 효도도 하지 못했는데 그런 시간마저 허락하질 않고 그렇게 고통스럽게 투병생활을 하시다 그만 돌아가시다니. 그때 아버지의 연세는 쉰여덟이었다. 너무나 가슴 아프고 안타까워 멈추지 않는 눈물은 마르지 않은 샘처럼, 장대비가 내리듯 그렇게 한없이 흘러내렸다. 물을 마실 수도 밥을 먹을 수도 없이 힘겨웠다. 세상에서 내가 가장 믿을 수 있는 하늘과도 같던 존재인 사랑하는 아버지, 나의 고통을 당신의 고통처럼 느끼며 마음 아파하시던 그 모습을 잊을 수도 없는데 그런 아버지를 잃는다는 건, 세상의 모든 것을 다 잃은 것이나 마찬가지였다. 그 무엇과도 바꿀 수 없는 내겐 너무나 소중한 분이었기에 오열을 끝낼 수 없었던 것이다. 당신의 고향인 산소에 아버지를 묻고 장례를 치르고 오면서 장의차에서 잠시 잠이 들었다. 아버지는 슬픈 눈빛으로 나를 바라보며 말씀하셨다.

"엄마와 동생들을 잘 부탁한다. 사랑하는 내 큰 딸, 너를 믿는다."

내 사랑하는 아버지는 그렇게 하늘나라로 돌아가시며 다음에 그곳에서 다시 만나자고 하셨다.

그것이 부녀의 마지막 인사였다. 그렇게 하루하루 견딜 수 없는 시간들이 무심하게 지나갔고 나의 건강 상태는 더 이상 나아지지 않았다. 체중은 겨우 사춘기 소녀의 몸무게가 될까? 38kg을 넘기지 못했다. 힘이 없어 힘이 나지 않아, 한 달 동안 침대에서만 지냈다. 아무것도 먹을 수 없었고 아무것도 할 수 없어 환자처럼 누워있었다. 어머니와 내 동생들을 잘 부탁한다고 하신 아버지의 말씀을 지킬 수 없을 만큼 내 건강은 더욱 악화되고 말았다. 하루하루 어떻게 시간이 지나갔는지 모른다.

다시 일어섰지만, 가혹한 시련이 오다

그런 시간들 속에서도 내 삶을 지탱시킬 수 있었던 것은 가족 덕분이었다. 해외로 유학을 갔었던 막내 동생이 결혼소식을 알려왔고 아버지 대신 남편과 나는 어머니와 함께 집안의 대표로 양가 상견례를 가지는 자리에 참석했고 여러 가지 일들을 도맡아서 처리하며 막내 동생이 결혼하는데 아무 지장이 없도록 최선을 다했다. 결혼식장에서 아버지 대신 양가 부모님의 자리에 앉으신 작은 아버지를 바라보며 나는 아버지가 살아계셨더라면 당신의 막내딸이 결혼하게 된 사실에 얼마나 기뻐하셨을까? 하는 생각으로 가슴이 미어질 듯 아팠다. 집안의 대소사 중 가장 큰 일들은 결혼식이나 장례식을 치르는 것이리라. 아버지 대신 어머니와 함께 큰 일 하나를 치렀으니 아버지는 아마도 하늘나라에서 우리를 지켜보시며 무척이나 대견해하셨으리라 생각하니 마음이 뿌듯하고 기뻤다. 막내 동생은 결혼 후 서울에서 제부와 함께 신혼살림을 시작했고 곧 둘째 동생도 사귀던 사람과 결혼을 하려고 양가 상견례를 하고 결혼식 날짜를 잡았다. 그 모든 일들도 역시 어머니와 장녀인 내 몫이었다. 인륜지대사인 결혼식을 올리는데 만에 하나라도 소홀함이 없어야 하므로 역시 최선을 다할 수밖에 없었다. 한 집안의 장녀의 역할은 작은 일에서든 큰일에서든 모자람이 없어야 하기에. 나는 큰 언니로서의 역할과 큰딸로서의 역할을 감당하는데 스스로 만족할 만큼 노력했다. 아버지께서 살아계셨더라면 장녀의 역할을 충분히 해낸 나를 칭찬해주셨을 것이다. 생전의 아버지는 언제나 그러셨다. 내가 장녀로서 뿐 아니라 매사에 꼼꼼하게 일을 잘 처리한다고 말씀하시며 늘 칭찬하시며 자랑스러워하셨다. 나는 내가 아버지 없이 어머니와 큰일들을 해내었다는 사실에 이루 말할 수 없는 큰 기쁨을 느꼈다.

하지만 그 기쁨도 잠시 큰일들을 치르고 일상으로 돌아온 어느 날 아침, 잠을 깨우는 소리에 일어나보니 우체국에서 등기우편이 왔다. 살고 있었던 집을 경매하겠다는 내용이었다. 그즈음 남편은 직장을 다니고 있었지만 IMF 외환위기로 월급조차 제대로 받지 못한 듯 했다. 그러니 주택담보대출로 받았던 원금은커녕, 이자도 갚지 못해 독촉고지서 뿐 아니라 내용증명에 이어 집을 경매하겠다는 우편까지 받게 된 상황에까지 이르렀던 것이다. 아버지가 돌아가시고 몇 달 만의 또 충격적인 소식에 나는 그만 살고 싶지 않다는 생각을 하게 되었다.

신은 내게 왜 이렇게도 가혹한 형벌을 내려주시는지. 내가 뭘 그리 잘못을 했기에 힘든 고통을 이렇게 겹겹이 안겨주는지. 평소에 나는 정의롭고

착하게만 살아왔다고 생각했는데. 누구에게도 피해가지 않게 참 열심히도 살아왔는데 도대체, 무엇이 그리 잘못된 것인지 알 수가 없었다. 시어머니의 죽음에 이어 사업은 실패로 끝이 나고 모든 재산을 잃고 부모님의 도움으로 간신히 내 한 몸 추스르기 위해 소유하고 있던 작은 집마저 날아가게 생겼고 아버지는 이제 이 세상에 존재하지 않으시고 나는 앞으로 누구를 믿고 의지하며 살아가야 할까? 사는 것에 자신이 없었다. 앞으로 어떻게 살아야 할지 대책이 생기지 않았다. 그런데 참 희한한 것은 내 어머니마저 교통사고를 당하고 말았다. 안 좋은 일들은 한꺼번에 일어난다는 말이 맞는 것일까? 엎친 데 덮치는 격으로 나쁜 일들은 마치 도미노처럼 일어났다. 단 한 번도 쉴 새 없이 그렇게 힘든 일들이 줄줄이 일어났지만 속수무책으로 당할 수밖에 없는 현실이 야속하기만 했다. 온실 속의 화초처럼 귀하게만 자랐던 나는 무엇을 어떻게 해야 할지도 어떤 다른 대처능력도 아예 없었던 것이다.

하지만 극도의 혼란 속에서 정신을 차려야만 했다. 돌아가신 아버지의 부탁을 저 버릴 수 없었기에. 어머니를 병원에 입원시키고 죽기 아니면 살기로 음식을 먹기 시작했다. 무엇인가를 먹어야 힘을 낼 수 있을 것이고 마음을 가다듬어만 해야 할 일들을 하나씩 해결할 수 있으므로 내가 처음으로 이 세상에서의 절체절명의 위기의 순간들을 이겨내고 헤쳐 나갈 수 있는 힘을 얻을 것이기에.

내 사랑하는 어머니도 아버지의 부재가 많이 힘이 드셨을 것이다. 그러니, 마음 둘 곳이 없어 먼 산을 바라보고 먼 하늘을 바라보느라 버스가 당신에게 돌진하는 것도 모르셨나 보다. 나는 어머니마저 잃을 수 없었다. 내 나이 32살에 부모님을 모두 잃고 싶지 않았다. 세상에서 나를 가장 사랑하셨던 두 분 중, 한 분인 사랑하는 어머니를 위해 긴 터널과도 같은 아픔과 슬픔에서 벗어나기로 했다. 어머니는 머리를 다쳐 몇 달 동안 병원신세를 져야만 했고 나는 어머니를 간호하기 위해 집과 병원을 오가는 생활을 하며 차츰 건강을 회복하기 시작했다. 무엇인가를 잊기 위해선 몰두할 것이 필요하다는 걸 처음으로 알게 되었다. 내가 가장 잘하는 일을 할 수 없도록 만든 사람들과의 결별, 친정아버지의 죽음, 어머니의 교통사고 그리고 집이 경매로 넘어갈 위기에 처한 처참한 현실로부터 회피하는 것이 아니라 맞서고 부딪혀 싸워서 해결해야 한다는 사실을 나는 뒤늦게 깨달았다. 32살의 나이는 적지 않은 나이인데 나는 참 바보같이 살아왔던 것이다. 어쩌면 천지도 모르도록 너무나 귀하게만 자라도록 만든 부모님의 사랑 덕분이었는지도 모른다. 나는 아무것도 모르는 그저 순수하고 맑은 영혼만을 가지고 살아가는 사람이었던 것이다.

어머니가 퇴원한 후, 내가 살던 집은 결국 경매로 넘어가고 말았고 남편과 나는 갈 곳이 없어졌다. 가지고 있었던 돈도 바닥이 나고 집을 비워주기 위해서 결혼할 때 부모님이 마련해주셨던 값비싼 혼수마저 팔아야만 했다. 어디 둘 곳도, 가지고 갈 곳도 없었기에 무한정 눈물이 났다. 부모님께서 그토록 사랑하셨던 장녀인 나를 위해 손수 장만해주셨던 혼수품들이 다른 사람들의 손에 넘겨질 때 내 부모님은 이런 상황을 생각지도 못하셨을 것이다. 내가 몇 년 동안 소중하게 여겼던 내 가구들이 내 손을 떠나 내가 알지 못하는 곳으로 갔을 때 모든 걸 내려놓을 수밖에 없는 마음이 되었다. 남편과 내가 소장하고 있었던 수많은 책들도 어쩔 수 없이 처분해야만 했다. 끝까지 소중하게 간직하고 싶었던 내 목숨처럼 아꼈던 책들은 그 책의 가치를 전혀 모르는 업자에게로 넘겨졌을 때 마치 내가 팔려가는 것처럼 가슴이 아팠다. 얼마나 많은 시간동안 먼지 앉을 새라 닦고 쓸고 했었던 너무나 내겐 소중한 것들이었는데. 하지만 그것들을 머리에 이고 있을 수는 없었기에 미련이 남는다 해도 넘길 수밖에 없었다.

남편과 잠시 이별

남편이 보기 싫어졌다. 그런 상황이 되도록 아무런 손도 쓰지 못하는 남편의 무능력에 내가 과연 앞으로 믿고 살아갈 수 있는 사람인지 의문마저 들었으므로 집을 비워줘야 할 시점에 나는 남편에게 당분간 떨어져서 지내자는 제안을 했었다. 남편도 어쩔 수 없는 상황이었지만 나는 무책임해 보이는 남편이 밉게 만 보이고 좋지 않은 우리의 상황 탓이라 여기며 어쩔 수 없는 선택을 하고야 말았다. 결국 그 선택이 잘못된 것이란 걸 알고 뒤늦은 후회를 하게 되었지만. 우리는 잠시 떨어져 지내기로 하고 남편은 곧 경매로 넘겨질 집에 당분간 지내다 친구의 집으로 거처를 옮기기로 하고 나는 친정집으로 먼저 들어갔다. 남편을 우리가 함께 살았던 집에 혼자 두고 남아있던 짐들을 옮겨오면서 나는 가슴이 아팠지만 남편도 이번 기회에 가장의 책임감을 좀 느끼게 되는 계기가 되길 바라는 마음이었다.

　그러나 나는 철저하게 이기적인 마음을 가졌다는 걸 나중에서야 절실히 알게 되었다. 남편의 잘못만이 아닌 나의 부주의도 분명 있었지만, 남편에게 탓을 돌리며 좋지 않은 상황에서 나만 벗어나려고 했었던 것이다. 부부라면 함께 위기를 극복해야 함에도 불구하고. 어머니와 둘째 동생이 함께 살고 있었던 친정집은 그 당시 동생이 결혼을 해 신혼인 동생 내외와 어머니와 내가 다 같이 살 수 밖에 없는 형편이라 불편했지만 어쩔 수 없었다. 그런 이유 때문에도 남편과는 함께 할 수 없었던 것이다. 직장을 다니는 동생 내외와 어머니께 부담이 되고 싶지 않아 나는 직장을 구했다. 패션 일은 어찌 보면 참 고된 일이다. 거의 하루 종일 서서 일을 하므로 다리도 많이 붓고 허리도 많이 아픈데 어느 날, 감기증세가 심해 아파서 약을 지어 먹고 집에서 쉬다 갑자기 생리를 하지 않는다는 걸 알게 되었다. 가만히 생각해 보니 남편과 헤어지고 난 후 두 달이 지났다는 걸 알게 되었다.

남편이 절실히 필요한 순간

그때 나는 결혼한 지 8년 만에 처음으로 임신을 했다는 사실에 기쁘기보다는 슬프다는 감정이 먼저 들었다. 왜 하필 이런 상황에 임신을 하게 되었을까? 또 눈물이 흘렀다. 내가 세상에 태어났을 땐 한없는 기쁨으로 내 어머니는 나를 맞아주셨는데 내 아기는 환영받기는커녕, 더욱 나를 힘들게 하는 존재로 여겨지는 현실이 야속하기만 해 나는 아무에게도 임신 사실을 알리지 못했다. 그저 내 상황이 미치도록 안타깝기만 하고 불쌍하기만 해 아기조차도 나를 옭아매는 존재로만 생각되었다. 나는 어쩌면 엄마가 될 준비가 전혀 되어있지 않았는데 아기를 낳고 키울 형편도 안 되는 상태에서 어떻게 아기를 낳을 수 있을지 의문만 드는 내 상황이 슬프고 한없이 서럽고 힘이 들었다. 임신하고 두 달이 지났지만 아무도 내가 임신했다는 것을 눈치조차 채지 못했다. 체중이 38kg에서 40kg 정도 밖에 되지 않으니 겉으로는 전혀 표시나지 않는 이유도 있었고 식욕도 없었으니 당연한 것이었다. 남편과 함께 살았던 집을 비워줘야 하는 날이 점점 다가와 남편과 헤어진 지 일주일 만에 집에 가보니 내가 두고 왔던 이불과 남편의 옷가지들만 덩그러니 놓여 있는 방이 더욱 썰렁하게 느껴졌고 덩달아 나조차도 한없이 초라해보였다. 한때는 많은 돈을 벌었고 명품이 아니면 걸치지도 들지도 않았던 상당히 오만하기까지 했던 내가 어떻게 이렇게까지 한순간에 달라질 수 있는지. 참 인생은 알다가도 모를 일이었다. 나도 남편도 한없이 불쌍했고 내가 임신한 아기도 말할 수 없을 만큼 불쌍하게 느껴져 갑자기 눈물이 펑펑 쏟아졌고 오열하는 동안 걷잡을 수 없을 만큼 배에 고통이 느껴지고 나는 그만 나도 모르게 그 자리에서 정신을 잃고 말았다. 그렇게 몇 시간이 지났는지 모른다.

누군가 나를 지켜보는 눈부시게 하얀 빛이 느껴져 눈을 떴다. 방문 앞에서 나를 지켜보고 있는 어떤 존재는 사람의 형체를 가졌지만 분명 사람은 아니었다. 하얀 빛의 아우라를 내뿜는 존재는 나를 걱정스러운 듯 바라보다 이내 사라져버렸나. 아마도 돌아가신 내 아버지가 아니었을까? 하는 생각이 들었다. 배에 심한 고통을 느끼며 정신이 혼미해졌을 때 나는 쓰러졌고 정신을 잃었을 때 어쩌면 나는 그 자리에서 죽었을 런지도 모른다. 누군가 날 보살펴주지 않았더라면. 아직도 나는 나를 죽지 않도록 보호해준 이가 있었다는 걸 느끼며 믿고 있다.

정신을 차려 몸을 일으켜 남편에게 메시지를 남기고 집을 나오며 앞으로 내 이름으로 된 집을 마련할 수 있는 날이 있기나 할까? 생각하며 처량하게 버스를 타고 친정집으로 향했다. 그리고 나는 더 이상 직장에 나가질 못했다. 입덧으로 먹을 수 없었고 조금이라도 먹고 나면 다 토했다. 배는 점점 불러왔지만 나만이 느끼는 정도였다. 내 뱃속에서 꿈틀거리는 생명을 느꼈지만 이 아기가 과연 살 수 있을까? 의문이 들만큼 나는 거의 식사를 하지 못했다. 아마도 아기는 무척이나 배가 고팠으리라. 못난 어미를 만나 못 먹어 고생했고 불안하고 안정적이지 못한 어미의 마음으로 인해 덩달아 내 아기도 힘들었을 것이다.

　어느 날, 나는 내 뱃속의 태동을 느끼며 남편을 찾아야겠다는 생각을 했다. 도저히 나 혼자서는 감당할 자신이 없었던 것이다. 남편도 이미 임신한 사실을 알고 있었기에 나를 찾을 것이라 생각했지만 어떻게 된 일인지 어느 순간, 아무런 소식이 없었다. 한 번씩 내 목소리가 듣고 싶다며 전화를 하던 날도 있었는데 그때 나는 매정하게 남편을 대했다. 내 의식 속에는 남편이 무책임하게만 느껴지던 사람이었음으로 남편이 미울 수밖에 없었다. 그래서일까? 남편은 그 이후 몇 개월 동안 아무런 소식이 없었고 내 배는 점점 불러와 달수로 8개월이 되어 있었다.

　친정어머니와 동생에게 나의 상황을 알렸고 처음으로 산부인과에 가 아기가 이상 없는지 진료를 받게 되었고 내가 제대로 먹지 못했던 것에 비해 다행히 아기는 건강했다. 남편과 헤어지고 남편의 소식을 알기위해 우리를 알고 있는 지인들에게 연락해 수소문해 보았지만 아무도 남편의 근황을 알지 못했다. 아기가 태어날 날이 두 달 밖에 남지 않은 시점, 나는 너무나 답답해 경찰서에 가서 남편이 실종되었다는 신고를 했다. 남편은 도대체 어디에서 무엇을 하고 있었던 것일까? 그런데 뜻밖에도 제부에게서 남편을 찾았다는 연락이 와 제부와 남편이 만나는 장소에 찾아갔더니 남편은 전혀 다른 사람의 모습이 되어 있었다. 마음고생이 심했는지? 아니면 마음을 아예 놓고 있었는지? 평소보다 살이 많이 쪄 달라져 보이기까지 한 모습에 상당히 낯설게 느껴졌지만 곧 태어나게 될 아기의 아빠니 앞으로의 계획에 대해 대화를 나눌 필요가 있었던 것이다. 어머니와 나는 남편을 집에 데리고 와 그동안의 행방과 향후 우리가 어떻게 살 것인지 의논하게 되었다.

엇갈린 운명

　마침 동생도 아기가 곧 태어날 예정이라 한 아파트에 모두 다 살 수는 없어 다른 곳으로 이사를 가기로 했고 남편도 안정적인 직장을 구하기로 했다. 거의 6개월 만에 남편과 다시 한 집에 살게 되었고 우린 새롭게 태어난 것처럼 새로운 각오와 마음가짐으로 살아가기로 약속했다. 이전과는 전혀 달라진 삶이 시작된 것이다. 아기가 생긴다는 건, 어쩌면 180도 달라지는 삶이 시작되는 것이나 다름없다. 모든 것들이 아기가 중심이 되는 일상이 되고 책임감은 어떤 다른 책임감보다 우위가 되고 강해지게 된다.

　동생의 아기가 먼저 태어났고 23일이 지난 후, 나도 아기를 낳았다. 둘 다 건강하고 사랑스런 아기를 낳았지만 우리 자매는 서로의 아기가 태어난 것과 동시에 이전과는 완전히 다른 삶이 펼쳐지리라곤 예상하지도 못할 만큼 다양한 사건들을 마주하게 되고 말았다. 동생의 아기는 극도로 예민해 하루 종일 울기 시작했고 잠이 들 때까지 계속해서 울었다. 육아휴직을 시작하는 날부터 동생과 어머니는 조카를 돌보느라 하루 한 시간도 잠을 잘 수 없을 만큼 힘든 시간을 보내게 되었다. 하지만 내 아기는 그 반대로 전혀 울지 않아서 너무나 신기할 정도였다. 완전히 다른 성향의 아기를 번갈아 보면서 어쩌면 우리 자매의 앞날이 예견되었으리라.

어머니와 동생은 아기를 돌보느라 하루하루가 살얼음판을 걷는 것처럼 보였다. 조카는 어머니 등에 업혀서는 울음을 그치다가 어머니가 피곤해 잠시 자리에 앉기만 해도 다시 울었다. 동생과 어머니가 번갈아가며 조카를 돌보느라 애썼지만 잠시 잠깐의 시간조차도 쉴 수 없도록 그렇게 울었다. 마치 병이 있는 것처럼 왜 우는 지 까닭조차도 알 수 없을 정도로 우는 조카 때문에 집안은 하루도 조용할 수 없었던 것이다. 나중에서야 알게 되었지만 동생이 임신한 기간 동안 마음으로 무척이나 스트레스를 받았던 사건들이 있었던 것이다. 아기의 이름을 작명하는 것까지 모든 사안들을 일일이 간섭하며 시시비비를 논했던 시어머니 때문에 동생은 편안할 날이 없었고 마음은 극도로 불안했던 10개월을 보내고 조카가 세상에 태어났으니 아기도 안정을 찾을 수 없었던 것이다. 우리는 흔히 태교를 잘해야 한다는 말을 듣게 되는데 그것은 아예 무시할 수 없는 사실이라는 게 증명이 된 셈이다.

동생은 아기를 낳고 산후우울증이 걸려 힘들었고 육아휴직을 하는 동안 하루도 편히 쉬지 못한 채 직장에 복직했고 시댁과의 마찰을 피하기 위해 자신을 낮추었으나 좁혀지지 않는 어쩔 수 없는 사고의 차이 즉, 조카의 이름을 짓는 과정에서 시댁과의 마찰로 인해 더욱 고통스러운 시간을 보냈다. 동생이 늦게 결혼한 만큼 더욱 행복한 결혼생활을 하리라 결심했지만 그건 혼자만 노력한다고 해서 해결되는 일이 아니라는 사실을 깨닫게 되는 큰 사건을 경험하면서 우리는 그래도 동생에게 쉽게 아무런 말을 꺼내지 않았다. 왜냐하면 결정은 동생이 하는 것이니까. 하지만 사돈어른의 참을 수 없는 비상식적이고 비이성적인 행태를 어머니와 내가 겪게 된 이상, 더 이상의 희생을 감당하는 것은 어리석은 일이라 판단해 동생과 대화를 나눴지만 그래도 동생은 시댁과의 갈등을 좁히기 위해 노력하며 최선을 다하는 모습을 보였다. 참으로 안타까운 일이 아닐 수 없었다. 사돈은 어머니에게 전화를 해 욕을 하고도 모자라 아기를 돌보고 있는 우리 집에 찾아와 아무 말 없이 마치 도둑처럼 아기를 안고 도망을 가는 일도 있었다. 시댁에서 온갖 수모를 당하고도 그 관계의 끈을 놓지 않으려 했던 딸의 모습에 어머니는 참으로 마음이 아프셨을 것이다. 귀하디귀하게 키운 자식이 시집을 가 시댁식구들에게 모멸과 무시를 당하면서도 필사적으로 노력하는 모습에 안타까울 수밖에 없었고 그 일들은 모두 더 큰 소문과 소문들에 의해 눈덩이처럼 불어나고야 말았다.

우리는 밖에 나가 잠시라도 있을 수 없을 만큼 와전된 온갖 억척스런 소문을 듣고 많이 속상했고 화가 났지만 동생에게는 뭐라고 말할 수 없었다. 가장 힘들고 고통스러운 사람은 바로 당사자인 동생이었으므로 어머니와 우리 부부는 동생의 선택에 맡기기로 하고 부산을 떠나기로 계획했다.

고향을 떠나 새로운 터전에서

　그 계획을 결심하는 것 또한 신중할 수밖에 없었던 것은 우리가 나고 자라며 삶의 추억들이 고스란히 담겨있는 고향이었던 곳을 떠나는 것이었기에 쉽지만은 않은 선택이었던 건 분명한 사실이다. 하지만 나 또한 고향인 부산에서 계속 살아가고 싶은 마음은 없었다. 내가 공부를 하고 친구들과 함께 했었던 고향이며 내 사업이 본의 아닌 불가항력에 의해 실패할 수밖에 없었던 경험이 견딜 수 없을 만큼 자존감을 잃게 만들었던 그곳에서 더 이상 버텨나갈 힘이 없었던 것이다. 새로운 곳에서의 새로운 출발을 하고 싶었던 우리 부부의 마음과 어머니의 마음이 합쳐져 내 아기가 4개월이 되었을 무렵, 우린 서울로 이사를 가게 되었다. 남편은 서울에서 직장을 다니며 잃었던 재산을 만회하기 위해 노력했고 어머니와 나도 열심히 살았다.

그러나 서울에서의 삶은 그리 행복하지만은 않았다. 내 고향 부산이 여름엔 그리 덥지 않고 겨울엔 춥지 않았기에 서울에서 첫 여름을 보내며 처음으로 더위를 느끼게 되었고 겨울을 지내며 추워서 견디기 힘들 정도로 나는 기온의 급격한 차이에 몹시 적응하기 힘들었다. 집에서 지내는 시간조차도 마찬가지였다. 다닥다닥 붙어있는 집들과 집들 사이에서 들려오는 소음들이 나를 힘들게 했고 탁한 공기도 숨을 쉴 수 없을 만큼 고통스러웠다.

그럼에도 우린 그 모든 것들을 극복하고 이겨내야만 하는 분명한 이유가 있었다. 바로 우리 아기를 제대로 키워야 한다는 책임의식과 우리가 누렸던 물적 토대를 다시 이뤄내야 한다는 생각이 우리를 더욱 강인하게 만들었다. 남편은 아기가 태어나 점점 자라는 모습을 바라보며 더욱 책임감을 느끼며 좋은 아빠로서의 삶을 살아가려 노력했고 나 또한 행복한 아기로 자라날 수 있도록 최선을 다하리라 다짐했다.

그렇게 서울에서의 일상적인 생활들은 지나가고 있었다. 어머니도 차츰 서울생활에 적응하시며 부산에서의 좋지 않았던 기억을 잊은 듯 해 보였지만 우린 모두 부산에 있는 동생을 잊을 수는 없었다. 바쁜 생활 중에서도 가끔 동생을 떠올리며 어떻게 살고 있는지 궁금했지만 동생에게서 먼저 연락이 오기만을 기다렸다. 동생에게서 연락이 온다면 언제든 기쁘게 만날 것이라 얘기하며 동생의 삶이 나빠지지 않기만을 기도했다. 하지만 그런 염려와 기도에도 불구하고 동생의 삶은 행복해보이지 않은 듯 보였다. 한 아기가 태어나므로 일어나게 되는 일들 중, 가장 불행한 일은 부모가 행복하지 않은 것이다. 축복받은 탄생 이후, 벌어지게 된 이견들을 극복하지 못하게 된다면 아기는 과연 행복할 수 있을까? 내 동생은 그것을 많이 고민했었던 모양이다. 결국 부모가 행복하지 않다면 아이도 행복할 수 없는 것이므로.

완전한 사랑을 경험한 시간

어머니는 동생과 조카를 위해 떠나왔던 고향인 부산으로 되돌아가셨고 우리 부부는 아기와 함께 좀 더 나은 환경으로 이사를 가기로 하고 서울에서의 1년 동안의 생활을 청산하고 경기도로 이사를 했다. 아이는 점점 자라나면서 더욱 사랑스러워지며 우리 부부를 더욱 행복하게 만들어줬다. 매일매일 아이의 모습을 바라보며 기특했고 아이가 우리에게서 태어난 것이 행운이란 생각이 들만큼 지혜와 지식도 늘어나가는 모습에서 우리의 삶의 이유가 아이에게로 초점이 맞춰진 삶이 되어가고 있는 것이 당연한 것이라 여기며 그것이 부모가 되어가는 것이라 자연스럽게 생각될 정도였다. 그것은 우리의 부모님이 우리에게 했던 그대로라는 것을 차츰차츰 깨달아가고 있는 과정 중, 어느 단계였을 것이다. 나이가 한 살씩 더하게 되므로 그 나이에 맞는 생각을 하게 되고 예전에는 미처 알지 못했던 것도, 깨닫지 못했던 것들도 알게 되는 순간이 온다는 것은 인생에서 어쩌면 정말 소중한 경험이 되는 것일 뿐 아니라 참으로 경이로운 사실이라는 것을 깨닫게 되는 순간이다.

우린 그렇게 한 살씩 나이를 먹게 되면서 우리의 부모님을 이해하게 되었고 부모님과 자식의 관계에서 느끼게 되는 사랑의 깊이에 대해서도 조금씩 눈을 뜨게 되었던 것이다. 서울에서의 1년, 경기도의 어느 작은 집에서 아기를 키우며 우린 결혼 생활 중 처음으로 행복하다는 생각을 하게 되었다. 작지만 내 몸과 마음이 쉴 수 있는 공간이 있다는 것과 일을 할 수 있는 직장과 무엇보다 우리에겐 이 세상에서 가장 소중한 아기가 있으므로 세상 아무것도 부러울 게 없다는 생각이 들 만큼 작은 것에도 그저 만족하며 소박한 삶을 기쁘게 살아갔다.

아이가 우리에게 안겨주는 기쁨은 하루하루 힘들고 고단한 생활을 잊게 만들어주는 묘약 같았다. 자리에서 누워만 있었던 아기가 기어 다니기 시작하고 곧 걷게 되고 말을 하지 못했던 아이가 옹알이를 시작하고 말귀를 알아들으며 엄마 아빠라는 단어를 말로 표현하게 되었을 때 느끼는 감동은 어떤 다른 감동보다 감격적이었으며 경이로운 최고의 경험이었다. 내 부모님께서도 나처럼 그런 감정을 나를 키우시며 느끼셨을 것이다. 그러니 당신의 자식들을 그렇게 사랑하시며 소중하게 여기셨던 것이다. 아기가 걸음마를 시작해 신발을 신기고 밖에 처음으로 내어놓았을 때, 걷다가 돌부리에 걸려 넘어져 얼굴을 다쳤던 적이 있다. 그때 나는 마치 내 얼굴을 다쳐 아리고 쓰라린 것처럼 무척이나 속이 상했던 경험을 했다. 내 부모님도 그러셨다. 나와 동생이 길을 걸을 때 하늘만 바라보고 걷다가 넘어져 무릎을 다치고 상처가 나 울음을 터트렸을 때 너무나 속상한 나머지 말씀하셨다.

"하늘만 바라보지 말고 땅바닥을 보고 걸어라." 라고 하셨던 말씀을 나 또한 내 아이에게 말했던 적이 있었으므로. 사랑은 자연스레 전이될 수밖에 없다. 사랑을 받은 아이는 역시 사랑할 줄 알게 되므로 내 아이는 더욱 사랑스러워져 갔지만 우린 너무나 가난했다. 그 당시 우리가 살고 있었던 집은 오래된 시골집을 고쳐서 만든 집을 전세로 얻은 집이어서 그런지 한여름이 되니 단열이 전혀 되지 않아 낮은 지붕에 고스란히 내려앉았던 햇볕이 저녁이 되어도 가시지 않아 우리 집은 그야말로 한증막과도 같았다. 아이가 더워 해 선풍기 바람을 아무리 쐬어줘도 얼굴이 벌겋게 달아올라 있었다.

나는 아이가 우리에게 주는 선물과도 같은 해맑고 사랑스러운 모습을 매일 바라보면서도 내가 해줄 수 있는 게 없어서 늘 미안하고 마음 아프고 안타까웠다. 그저 저녁에 퇴근한 남편과 함께 아이를 데리고 밤에 산책을 나가 시원한 공기와 바람을 매일같이 쐬게 해주는 것 그리고 아이가 좋아하는 책을 읽어주는 것이 내가 고작 해줄 수 있는 일이었다. 그래도 우리는 아이가 주는 기쁨으로 인해 행복했다. 하남의 어느 동네에 사는 동안, 서울에 사는 막내 동생은 주말마다 언니와 조카를 찾아와 적적했던 우리의 일상을 조금이나마 풍요롭게 만들어주었다. 나는 아직도 막내 동생의 사랑을 잊지 못한다. 아니 영원히 잊을 수도 없을뿐더러 잊혀 지지 않는 변치 않는 영원한 사랑이라 마음속에 새기고 있다.

언니와 동생의 자매관계라 하더라도 보이는 현실을 외면해버린다면 그만인 경우도 있지만 내 막내 동생은 언니의 궁핍함을 알고 알게 모르게 늘 도움을 주었다. 가랑비에 옷이 젖는다는 말이 있듯 동생의 도움은 내게 상당히 큰 힘이 되어줬다. 어쩌면 그것은 상처 받은 영혼에게 큰 위로와 위안이 되어주는 것이나 다름없었다. 나는 내 피붙이인 막내 동생에게서 큰 힘을 얻고 은둔자로서의 삶에서 용기 있게 세상과 마주할 수 있게 된 것이었다. 지난 날, 받았던 상처로 인해 사람들을 믿지 못하게 된 내 마음의 문이 어느덧 서서히 빗장을 열어 타인의 마음을 다시 받아들일 수 있는 마음이 되도록 만들어줬다. 사람으로 인해 상처 받았던 마음은 다시 사람으로 인해 치유될 수 있다는 걸 알게 해준 내 사랑하는 막내 동생은 여기에서만 머물지 않았다. 부산에 살던 둘째 동생의 집으로 내려가셨던 어머니가 그해 추석이 되기 전, 서울로 오셔서 막내 동생을 만나 함께 우리 집으로 오셔서 말씀하셨다. 좀 더 넓고 집다운 집으로 이사를 갈 수 있도록 경제적 도움을 주시겠다는 기쁜 소식을 내게 전해주셨다. 그것은 내 막내 동생의 큰 역할 덕분이었다는 걸 나는 잘 알고 있었다. 형제 자매간의 우애를 늘 강조하셨던 내 어머니의 교육 덕분도 있었지만 언니를 사랑하고 위해주는 내 동생의 한 결 같이 변함없는 자매애 덕분이었다. 언니가 잘되길 진심으로 바라는 마음, 언니가 더 좋은 환경에서 살아가길 바라는 마음이 어머니의 마음을 감동시켰던 것이다.

우리는 어머니의 도움으로 더 넓고 좋은 집으로 이사를 가 몇 개월을 살다가 유치원에 다니게 될 아이를 위해서 학교와 가까운 곳으로 이사를 갔었다. 그리고 둘째 동생도 경기도 과천으로 발령을 받아 어머니와 조카와 함께 경기도로 이사를 오게 되었다. 이로서 우리 세 자매 모두는 서울과 경기도에서 자주 만날 수 있는 지척에서 살게 된 것이다. 그것만으로 우리는 정말 기뻤다. 보고 싶어도 자주 볼 수 없었던 먼 거리에서 살고 있는 것만으로 무척이나 답답하고 늘 보고 싶었는데 우리가 바라는 작은 소망이 이뤄져 나는 천군만마를 얻은 것처럼 기쁘고 즐거웠다. 명절에 먼 거리를 아이를 데리고 가야 하는 것이 많은 제약이 되어 어쩔 수 없이 포기해야만 했던 현실에서 가까이 살며 보고 싶을 때마다 언제든 볼 수 있게 되므로 나는 그리움으로부터 벗어날 수 있는 것에 감사하고 감사했다. 그렇게 내 아이와 조카는 같은 경기도 권에서 각자 유치원에 입학을 하고 더욱 우리에게 사랑과 기쁨을 안겨주는 존재들로 자라나고 있었다.

사랑과 행복을 느끼는 순간순간들

한 아이가 자라는 데는 온 마을이 필요하다는 말이 있다. 경제적으로 풍요롭다고 해서 아이가 행복해지는 것은 아니다. 물질적으로 풍요로우면 더 많은 기회와 만날 수도 있겠지만 아이의 몸과 마음이 편안하고 건강할 수 있도록 환경을 조성해주는 것은 무엇보다 중요한 것이다.

그런 면에서 본다면 내 아이는 안정적인 환경에서 자라나고 있는 것이 분명해졌다. 항상 웃었고 밝았으며 건강하고 사랑스러운 모습이 넘쳐나 많은 사람들에게서 더욱 사랑을 받는 아이로 성장해나가고 있었다. 조카도 내 어머니의 사랑을 듬뿍 받으며 안정이 되었는지 언젠가부터 울지 않는 아이로 변해갔고 어떤 일에서든 자신만만하고 당당한 아이가 되어 있었다. 조카를 떠올리면 자연스레 늘 우는 아이로 각인되어 있었는데 그 우울한 이미지에서 벗어난 조카를 바라보며 나는 내 어머니의 지대한 영향력을 느꼈다. 자나 깨나 사랑을 먹고 자란 아이는 벌써 느낌부터 다르기에 나는 어머니가 얼마나 조카를 위해 애썼는지 그 사랑의 깊이를 가늠하고도 남았다. 우리 부부와 어머니를 비롯해 우리 가족 전부는 어느덧 행복한 한 가족을 이루고 있었고 조카와 내 아이는 한 형제처럼 사이좋게 돈독한 우애를 나누는 존재로 성장해갔다.

서로를 위해주고 사랑을 나누는 행복한 가족, 기쁜 일이든 즐거운 일이든 함께 하며 좋지 않은 일이 생겨도 사랑의 힘으로 이겨내며 극복해나가는 가족이라 서로가 느꼈을 때 우리들에겐 그 무엇도 문제가 될 수 없었던 것이다. 다 같이 모여 살면서 때로는 일찍 돌아가신 아버지가 너무나 그리웠다. 살아계셨더라면 사랑스런 손자들이 태어나고 자라나는 모습과 유치원과 학교에 입학하고 졸업하는 것 등 모든 과정들을 지켜보시며 함께 기뻐하셨을 것인데, 그런 점들은 아이들이 성장함에 따라 더 아쉽고 안타까운 부분으로 생각되었다.

그즈음 어머니는 우리들에게 아버지의 산소를 옮기자는 제안을 하셨다. 우리가 살고 있는 경기도에서 경남까지 한 번씩 산소에 갈 때마다 서로가 힘들고 지치는 경우가 있기도 하지만 그 이유 때문만은 아닌 듯 했다. 나는 우리 집안의 큰일을 치르게 될 때마다 아버지가 꿈에 나타나 무엇인가를 알려주시는 예지몽을 꾸곤 했었는데 이때도 역시 돌아가신 아버지의 꿈을 꾸게 되었다. 하지만 이전과는 전혀 다른 아버지의 모습에 깜짝 놀라고 말았다. 머리끝에서부터 발끝까지 시커멓게 그을리고 탄 듯 그런 모습으로 꿈에 보이는 아버지께서는 내게 어떤 말씀을 전해주시려 했던 것처럼 보였다.

　내가 꾼 꿈에 대해 어머니와 대화를 나누며 우리는 산소를 옮기려는 계획을 실행하기로 했고 아버지의 고향에 내려가 산소를 파헤치고 화장장으로 관을 옮겨 화장하려고 보니 아버지의 유골은 시커멓게 변해 있었던 걸 알 수 있었다. 그렇게 된 원인은 바로 산소가 놓인 위치가 배수가 전혀 되지 않은 곳이었다는 걸 나중에서야 확인할 수 있었던 것이다. 경기도 남양주에 위치한 납골묘에 아버지의 유골함을 안치한 후 우리는 좀 더 편안한 마음으로 아버지를 자주 찾아뵐 수 있게 된 것으로도 충분히 감사했다. 이것은 어쩌면 내 어머니께서 당신의 미래에 다가올 일들을 미리 예견하고 충분히 판단하신 후 계획에 따른 절차였을 것이다. 당신에게 일어날 일들 즉, 조금씩 달라져가는 몸의 변화가 느껴지는 것을 스스로 감지하고 계셨으리라. 그럼에도 우리는 현실적인 문제와 현안들 때문에 그 변화를 전혀 눈치 채지도 못하고 있었다.

사랑을 위해 과감히 용기를 내다

　그 당시 우리 부부는 풍족하지 않았어도 조금씩 돈을 모으며 우리의 집을 마련하기로 계획하고 있었는데 아이가 점점 커서 초등학교에 입학할 즈음엔 더 이상 이사를 다니지 않고 안정적인 환경을 만들어주기 위해서였다. 먼저 어떤 교육관을 가진 학교에 보낼 것인지 고민하게 되었다. 남편과 내가 초등학교에 다닐 때는 정말 학교에 가는 것 자체가 스트레스였다. 일사분란하게 움직여야 하는 획일적인 교육체계의 환경에서 아이들을 교육하는 학교는 한 아이를 대하는 방식에서 섬세하고 세련되지 못했었다. 남편은 학교에만 가면 아무 잘못 없이 단체로 기합 받는 것이 정말 싫었다고 했다. 소위 말하는 치맛바람으로 아이들을 대하는 교사들의 행태를 아무리 어린 아이들이라 하더라도 다 느낄 수 있는 것이었을 터, 그런 불합리하고 비교육적인 교육에 머리를 흔들 수밖에 없었던 그때의 현실을 우리는 간과하지 않을 수 없었던 것이다. 나 또한 마찬가지다. 성적순에 따라서 아이의 인격을 무참히 짓밟았던 교사들의 행태, 아이들을 훈육한다는 명목으로 매를 들었던 교사들의 모습을 비일비재하게 보아왔던 우리들의 지나간 교육의 참혹했던 모습을 기억하고 낱낱이 경험했던 우리들로서는 학교에 다니며 불행했던 기억을 가지고 있었다. 밀레니엄 세대로 태어난 우리 아이에게까지 그런 불합리한 교육을 물려줄 수는 없는 것이었다. 그런 끔찍한 경험을 하게 만들어주느니 아예 학교에 보내지 않는 것을 선택하는 것이 낫다는 생각을 하고 있었던 우리들로서는 아이가 초등학교에 입학할 시기가 다가오자 점점 초조해지기 시작했다. 어떤 교육관을 가지고 아이들을 교육시키는 학교에 보낼지 많은 고민을 하며 여러 학교를 알아보기위해 본격적인 작업에 돌입했다.

살고 있었던 하남에 있는 초등학교를 물색해봤으나 마음에 와 닿는 학교를 찾지 못했다. 그 큰 이유 중 하나는 초등학교 병설 유치원에 다니고 있었던 아이가 갑자기 유치원에 가지 않으려고 아침마다 나와 실랑이를 벌였던 적이 있었는데 그 원인이 바로 교사의 체벌로 인한 것이라는 사실을 알게 됨으로 더욱 하남이란 도시에 있는 학교에 보내고 싶은 마음이 사라진 것이었다. 아이는 일주일 내내 유치원에 가지 않으려고 울었고 아이를 목욕시키며 나는 알게 되었다. 아이의 무릎에 있는 피멍들과 상처를 보면서 유치원에 찾아가 교사와 면담을 했더니 또래 아이들에게도 맞았고 교사도 체벌을 했다는 말을 들을 수 있었다. 교사는 아무런 반성 없이 당당하게 시인했었다. 아이가 또래에 비해 행동이 조금 느렸다는 이유 때문이었다. 참 황당하고 뻔뻔한 태도에 그날부터 유치원에 보내지 않았다. 아이를 지켜주지 못했던 것에 미안했고 내가 몇 십 년 전에 받았던 부당한 교육 방식 그대로 내 아이가 고스란히 받고 있었다는 사실에 무척이나 화가 났다. 그렇다고 서울에 있는 학교는 더욱 더 보내고 싶지 않았다. 부모의 경제력에 따라서 아이들의 등수를 매기는 천편일률적이고 경쟁위주의 교육을 받게 만들고 싶지도 않았고 돈만 밝히는 천박한 자본주의의 병폐에 찌든 교육은 절대 사양하고 싶었다.

어렵고 힘든 상황에 놓인다 하더라도 어디서든 꿋꿋하고 당당하게 살아갈 수 있는 창의적이고 희망적이고 인간적인 사람으로 만들어 줄 수 있는 전인 교육을 받게 하고 싶었다. 그런 교육을 지향하는 학교는 이 세상에 과연 존재하지 않을까? 우리 부부가 너무 교과서적으로 이상적인 교육을 바라는 것이 아닐까? 혹시 우리 부부가 우리만의 좋지 않았던 기억으로 주관적인 생각만 하고 있는 것이 아닐까? 하는 생각에 동생들에게도 여러 의견들을 물었다.

그러나 우리가 편견을 가지고 있었던 것만은 아니었던 것이다. 객관적으로 느끼는 사실에 입각해 충분히 우리의 생각은 공감을 받을 수 있었고 그 당시엔 눈만 뜨면 그 생각들로 가득 차 있었던 것이다. 지성이면 감천이라고 했던가? 어느 날 집을 매입하기 위해 조용하고 쾌적하며 마음의 안정을 얻을 수 있는 자연환경이 좋은 집을 구하러 다니며 우리가 원하는 학교가 있는지도 수소문했더니 근접한 학교들이 물망으로 떠올랐다. 여러 학교에 찾아가 교사들을 만나 대화도 나눴고 아이들도 만나서 얘기도 했다. 어떤 학교에 다니는 아이들은 그 학교에 다니는 사실만으로도 자부심을 느낀다고 말했다. 학교장의 교육관은 학교 교육을 결정하는데 큰 영향력을 미치기에 어떤 교육방식으로 아이들을 교육시키는지 부단히도 알아봤던 시간들 덕분에 우리는 우리가 원하는 교육을 지향하는 학교를 마침내 찾게 되었던 것이다. 그런 학교가 있다는 것만으로도 기뻤다. 그러나 그 과정보다 더 험난한 과정도 나중에는 경험하게 된다. 기대가 큰 만큼 실망도 큰 법이니까.

어머니의 선물 그리고 짜릿한 선택

어머니는 우리 부부의 교육관에 찬성하시며 우리에게 큰 선물을 안겨주셨다. 당신의 재산 중, 일부를 먼저 장녀인 내게 뚝 떼어내 집을 사는데 사용하라고 주셨던 것이다. 우리는 어머니의 그 선물이 우리에게 주시는 마지막 선물이 될 줄은 꿈에서도 상상조차 못했던 것이다. 아이가 학교에 다니기 좋은 위치에 있는 집을 계약했고 그 집에서 우리는 아이가 우리가 바라고 원했던 학교에 입학하는 것도 볼 수 있었다.

하지만 그런 기쁨도 잠시, 호사다마라고 했던가? 좋은 일이 있으면 반드시 좋지 않은 일도 생겼다. 아이가 입학하자마자 우리가 바라는 대로의 교육을 받을 줄 알았는데 그 생각과 기대는 완전히 어긋나고야 말았다. 혁신학교를 지향하는 학교장의 의지가 아무리 강하다 하더라도 직접 현장에서 가르치는 교사인 담임의 역할이 크기에 담임이 가지고 있는 교육관이 옛날 고릿적인 사고와 마인드라면 아무 의미 없는 것이란 걸 알게 되었다. 새 학기에 전근해 왔던 담임은 초등학교에 입학해 며칠이 지나지 않아 아이의 준비물이 규격에 맞지 않는다는 이유로 아이의 머리를 주먹으로 때리고 야단을 쳤다는 것과 1학년 전체의 아이들이 거의 다 담임에게서 체벌을 받았다는 경악적인 소식을 접하고 놀라지 않을 수 없었다. 21세기에 정말 일어나지 말아야 할 일들이 일어난 것에 얼마나 치가 떨리는지. 그동안 고르고 고른 학교의 교실에서 내가 전혀 원치 않는 체벌이 자행되고 있는 사실에 그만 가만히 두고 볼 수만은 없었다. 내 아이의 순수하고 때 묻지 않은 여린 마음에 얼마나 큰 상처가 될는지 충분히 짐작했다. 나 또한 그런 경험을 이미 해봤기 때문에 너무나 잘 알고 있는 것이므로 나는 분연히 일어설 수밖에 없었다. 교실 안에서 교사에게서 체벌을 당했던 아이들은 그것이 아무렇지도 않는 사실로 받아들여지기까지 오랜 시간이 걸리지 않는다는 걸 나는 잘 안다. 맞고 자란 아이들은 또 누군가를 때리게 되고 그것은 동시다발적인 형태로 나타나게 되므로 그대로 묵과할 수 없었다.

아이들의 말을 토대로 증거를 수집하고 학부모들을 소집해 공론화했더니 역시 아이들의 말이 사실이었음을 확인하게 되었다. 담임은 아이들에게 윽박지르듯 고함을 쳤고 아이들의 머리를 주먹으로 내리치거나 때렸다. 맞은 아이들은 울거나 부모에게 알렸다. 어떤 부모는 아이를 즉각 전학을 시키는 방법을 택하기도 했지만 나는 그런 소극적인 방식으로 문제 해결을 하고 싶지 않았다. 체벌은 분명 잘못된 것임을 부모들도 알아야 하고 체벌은 비교육적인 사실이라는 것을 담임에게 인지시킴으로 아이들이 올

바른 교우관계와 질 높은 교육을 받을 수 있도록 만들어야했다. 먼저 교감 선생님을 찾아가 사실을 직시하고 잘못된 교육방식에 대해 피력했지만 전혀 달라지지 않았다. 교감이 문제해결을 하지 않는다면 학교장에게 알려서 문제를 해결해야만 했다. 빠른 시일 내 해결하지 않는다면 피해는 고스란히 아이들의 몫이 되기에 아이들은 매일같이 맞아야 했으리라. 고사리 손같이 작디작은 아이들의 손바닥에 매를 들고 머리를 쥐어박고 참 교사로서의 자질이 있는지 의문만 가득 안겨주는 실망스러운 행태에 잠이 오질 않았고 아이는 이미 학교에 가지 않으려고 아침에 일어나지 조차 않으려 했다. 나는 학교장에게 제출할 자료들을 프린트한 후, 학교에 가 학교장과의 면담을 신청하고 마음속으로 생각했다. 나의 의견이 수렴되지 않는다면 아이를 학교에 다시는 보내지 않으리라고. 그런 결심을 한 이유는 충분했다. 내가 학교에 다닐 때만 해도 우리나라의 교육 현실은 체계적이지도 교육적이지도 않았을 뿐 더러 교육을 받을 만한 곳은 오로지 학교 밖에 없었으므로 울며 겨자 먹기 식으로 어쩔 수 없이 학교에 다닐 수밖에 없는 현실이었다. 그러나 밀레니엄 세대로 태어난 내 아이의 교육은 학교에 가지 않아도 다양한 교육의 장이 있기에 제도교육을 굳이 받을 이유도 없었던 것이다. 대안학교도 학교 밖의 학교도 홈스쿨링도 원하면 얼마든지 할 수 있을뿐더러 아이에게 맞는 교육시스템을 찾아 선택하면 되는 것이었다. 그런 큰 그림을 그리니 마음이 편안했다. 어차피 우리가 낸 세금으로 학교를 운영하는 것인데 잘못된 교육방식대로 무소불위의 권력을 휘두르는 교실 안의 황제가 된 담임을 그대로 둘 수는 없는 것이었다. 개선할 점은 개선해야 하고 병폐가 있으면 고쳐나가면 되는 것이다.

학교장과의 면담에서 나는 약속을 받았다. 앞으로 다시는 이런 비교육적인 행태는 없을 것이라는 약속을 받고 나는 두렵고 떨리는 마음이지만 용기를 내어 얻게 된 아이들의 교육환경을 지킬 수 있었던 것에 마음이 놓였다. 하지만 옛날에 교사가 되었던 나이 많은 할머니 담임은 여전히 진부하기 짝이 없었다. 교사의 역할은 교과시간에 아이들이 제대로 배울 수 있도록 가르치는 역할인데 아이들이 선행학습이 되어 있지 않다고 학원에 가라는 권유를 하고 내 아이 역시 음악시간에 음표를 제대로 읽을 수 없으니 피아노 학원에 가서 배워오라는 말을 듣기도 했다. 그런데 내 아이는 피아노 학원에 가 피아노를 한 번 배워보고 싶다고 해서 그날부터 학원에 보냈더니 아이는 날개를 단 듯 피아노를 배우는 것에 즐거워하는 것이었다. 어찌 보면 피아노를 배우라는 말 때문에 아이의 새로운 재능을 발견하게 된 계기가 되었기에 그 부분은 1학년 담임 덕분이었다고 말하기도 했었다. 단지 거기까지다. 학부모가 있는 자리에서도 여전히 아이들을 혼내는 변하지 않는 오래된 화석과도 같은 담임은 늘 불평불만으로 가득했었다. 학원에서 미리 배워 와야 할 것들을 담임이 가르치는 경우는 이 학교에서나 가능한 일이라고 공공연하게 말을 했으니 더 이상 무얼 더 바랄 것인가? 이 교사는 자신이 연봉도 많이 받는다는 것을 스스로 서슴없이 말하는 것에 아연실색할 수밖에 없었다.

염원하던 이상적인 교육자를 만나다

1학년이었던 아이들이 2학년으로 진급하게 되었을 때 드디어 정말 우리가 원하는 이상적인 교사를 만날 수 있었다. 정말 너무나 기뻤다. 아이들을 칭찬과 격려로 열정적으로 가르치는 담임을 면담하자마자 나는 그때서야 비로소 아이를 제대로 맡길 수 있는 것에 가슴을 쓸어내리며 안도할 수 있게 되었다. 아이들이 첫 단추는 잘못 꿰었지만 드디어 제대로 된 교육을 받을 수 있는 것에 하루하루가 감사함이 넘쳐 날 지경이었다.

내 아이는 학교에서 배우는 모든 교과과정에 흥미를 느끼며 최선을 다해 공부를 했다. 특히 수학에 흥미를 붙여 하루가 다르게 실력이 늘어나 2학년이 5학년의 수학문제를 풀 수 있는 단계로 까지 발전할 수 있었다. 그것은 담임의 역할이 빛났던 덕분이다. 재능이 있는 아이들에게 맞는 적재적소의 자리에 앉히는 일, 내 아이는 수학천재라는 칭찬을 듣고 영재 반에 들어가 두각을 나타내기 시작했다. 수학문제가 아무리 어려워도 척 척 척 풀어내는 아이에게 무한한 칭찬과 격려만큼 소중한 것은 없었으므로 아이는 일취월장하는 것은 물론, 어떤 다른 것도 해낼 수 있는 자신감과 성취감을 동시에 느끼며 언제나 반에서 2등이었던 아이는 어느 날 1등이 되어 내게 감격과 기쁨의 눈물을 쏟아내게 만들었다. 그만큼 담임의 역할은 큰 것이다. 아이들은 담임에게 인정받기 위해 늘 최선을 다했고 칭찬과 격려로 아무것도 할 줄 몰랐던 아이들은 무엇이든 다 해결할 듯 기세등등함을 느끼게 되었던 것이다. 한 아이는 자신이 무엇을 해야 할지 갈피를 잡지 못하고 있을 때 담임 선생님의 말 한마디에 하고 싶은 일과 해야 하는 일들을 알 수 있게 되었다고 기뻐하기도 했다. 담임의 역할은 정말 중요한 것이다. 천재를 바보로 만들 수도 있고 바보를 천재로 만들 수 있는 힘이 있다. 어리숙하고 늘 말썽만 부렸던 한 아이는 담임 선생님 덕분에 일 년이라는 기간 동안 조금은 달라진 모습을 보여주기도 했었다. 나는 이 담임 선생님이 아이들이 진급하는 내내 계속해서 담임이 되었으면 하는 욕심을 마음속으로 부리기도 했다. 너무나 열정적이고 진심으로 아이들을 교육시키는 담임의 모습에 반해서. 그렇게 말썽만 부리고 나아지질 않을 것만 같았던 아이들이 변하고 발전해나가는 모습에 교육의 힘을 경험하며 기분 좋은 시간을 보낼 수 있었다.

나쁜 예감을 안겨주는 어두운 그림자, 절망

그러나 그 즈음 내 어머니는 안타깝게도 조금씩 병의 진행을 스스로 느끼고 있었던 것이다.

어머니의 몸에 이상증세가 확연하게 나타났다. 손가락이 휘어지고 손가락을 움직일 수 없을 정도로 마비증세가 오고 손의 움직임이 부 자연스러워지는 것을 느끼기 시작해 병원에 진료를 받으러 가셨다고 했다. 어느 병원에선 진단을 내릴 수 없으니 더 큰 병원으로 가 진료를 받으라는 권유를 했다. 서울에서도 유명한 종합병원에 갔더니 루게릭병의 초기 증세가 진행되고 있다는 진단을 내렸다. 우리 모두에게 그 병명은 생소하기 그지없는 것이라 처음엔 무척이나 혼란스러웠다. 루게릭병에 대해서 알아보았지만 병의 원인도 치료법도 알 수 없는 병이라는 걸 알게 되므로 우리 어머니가 왜 이런 병에 걸렸는지 의문마저 들었다. 그러나 여러 병원에 가 진료를 받으며 어쩔 수 없이 그 병을 인정할 수밖에 없는 현실에 모두가 슬픔을 느낄 수밖에 없었던 큰 이유는 아버지를 잃고 또 어머니마저 무서운 병에 걸려 잃을지 모른다는 막연한 두려움 때문이었다. 간암 말기로 손도 쓸 수 없게 되어 3년 동안 여러 병원을 전전하며 입 퇴원을 수시로 하셨던 불쌍한 내 아버지는 응급실에도 시도 때도 없이 실려 가셨다. 그때마다 어머니의 헌신적인 간호가 없었더라면 불가능했을 위기의 순간순간들을 직면하며 근근이 목숨을 부지할 수 있도록 만든 그런 내 어머니가 자신의 몸이 상하는 것에는 마음을 두지 않았을 것이다. 오로지 아버지만 좀 더 살 수 있게 된다면 그것으로 족했을 마음, 그 일념으로 사셨던 내 어머니마저 이런 희귀병에 걸리고 말다니. 하느님은 참으로 무심한 분이었다. 병으로 인해 고생만 하시다 돌아가신 내 아버지, 아버지의 병수발로 지칠 대로 지치셨던 내 어머니, 둘째 동생의 아이를 8년 동안 키우시며 참 무던히도 몸과 마음으로 고생만 하셨던 내 어머니에게 어찌 이런 몹쓸 병을 안겨주시는지. 참으로 하느님이 원망스러웠다.

  어머니의 상태는 점점 더 나빠져 가고 있었다. 팔과 다리에 경련이 일어나고 힘이 빠져 자주 넘어져 어머니의 팔과 다리에는 시퍼런 멍이 늘어났다. 매주 마다 일주일에 한 번씩 우리 집에 조카를 데리고 손자를 보러 놀러 오셨던 내 어머니는 우리 집에 오시지 못하는 날이 많아지고 있었던 어느 날, 어머니의 생신이 다가오고 있었다. 온 가족들이 우리 집에서 함께 어머니의 생신을 축하하기 위해 모이기로 했다. 겨우 움직이시는 어머니를 모시고 2층이었던 우리 집으로 올라오시기 위해 가족들의 손을 빌려야

했던 내 어머니는 마지막으로 우리 집에서의 생신을 맞이하고야 말았다.
나는 울면서 어머니께 말씀드렸다.

"어머니, 오늘 이 만남이 우리 집에서의 마지막 만남이 되지 않았으면
좋겠어요."

어머니는 마침내 오열하시고 말았다. 그렇게도 자식들을 당신 자신보다
더 사랑하셨던 내 어머니는 장녀인 내 소망의 메시지에 꼭 그렇게 되길 진
정으로 바란다고 대답해주셨다. 그리고 어머니는 이미 당신이 어떻게 될
지 아시고 있었는지 우리에게 하시고 싶었던 말씀 뿐 아니라 남겨주고 싶
었던 유품들을 미리 준비해두고 계셨던 것이다. 루게릭병이 진행되는 과
정에서 어떤 증세들이 나타나는지에 대해 숙지하셨던 것이다.

어머니의 슬픈 마지막 부탁

어머니의 생신이 지난 며칠 후, 장녀인 나를 부르셔서 가보았다. 어머니는 당신의 패물들을 모두 팔아 평소 몸이 약해 자주 아팠던 나를 위해 미리한의원에 예약해두시고 진료를 받고 건강하라는 당부의 말씀과 함께 맏이에게 마지막으로 부탁한다고 하시며 둘째 동생과 조카를 보살펴 주길 원하셨다. 만약 당신께서 죽음을 맞이하게 된다면 둘째 동생과 조카가 제일마음에 걸려 눈을 감지 못할 것이라고 하셨다. 둘째 동생이 조카를 키우며직장을 다니며 살아갈 것을 생각하니 마음이 아파 견딜 수 없을뿐더러 그들을 믿고 맡길 사람은 오직 장녀뿐이다. 라는 말씀을 점점 꺼져가는 목소리로 이 세상에서의 마지막 부탁을 남기셨다.

시간이 흐르면 흐를수록 많은 변화가 한꺼번에 일어났다. 예상했던 대로 목소리도 나오지 않아 의사소통에도 문제가 생겼다. 말을 하지 못하는 것 뿐 아니라 음식을 삼키는 기능이 저하됨에 따라 사레도 쉽게 걸려 음식을 전혀 드시지 못하는 지경이 되었고 점점 어머니의 몸은 마르고 피폐해져만 갔다. 내 어머니의 모습은 원래의 우아하고 아름답던 모습의 어머니가 아니었다. 병원에서는 병의 진행에 따라 전신근육을 움직일 수 없게 되어 침대에서 누워 지낼 수밖에 없다고 했고 그에 따른 욕창이나 다른 합병증도 올 수 있다고 했다. 가장 시급한 일은 음식을 입으로 삼킬 수 없으니 수술을 통해 호스로 유동식을 공급하는 것과 인공 호흡기를 통해 숨쉬기가 가능하므로 수술을 할 것인지? 보호자의 동의를 구하는 의사에게 우리는 어머니를 맡길 수밖에 없었다. 우리가 할 수 있는 최선이란 옆에서 병간호를 하는 것 외에 아무것도 할 수 없는 현실이 우리를 더욱 처량하고 무력하게 만들었다. 더군다나 이런 과정을 거치며 하루하루 식물인간으로 변해가는 당신 자신을 온전한 정신으로 지켜볼 수밖에 없는 세상에서 가장 무서운 희귀병인 것이었다. 중국에서 의류회사를 운영하고 있었던 막내 동생은 모든 일을 접어두고 어머니를 간호하겠다는 강력한 의지를 표시했다. 내 막내 동생의 노고와 수고를 아직도 잊을 수 없을 만큼 내 동생의 고생도 엄청났었다.

어머니의 수술을 동의하고 우린 모두 수술실 앞에서 수술이 끝나기만을 기다리며 노심초사 했고 그때의 불안감은 극에 달하고 있었다. 누구 하나 아무도 소리 내지 못할 만큼 힘든 시간을 견뎌야만 했지만 내 어머니의 고통에 비할 수 없는 것이었으므로 충분히 감내할 수 있었다. 우리의 어머니가 더 나빠지지 않기만을 기도할 수밖에 없는 절박한 현실, 너무나 불쌍한 어머니는 수술 후, 호흡기를 달고 중환자실로 옮겨져 의식이 돌아오지 않고 있었다. 그런 모습을 마음 졸이며 다 지켜봤던 내 막내 동생에게 미안함과 고마움이 동시에 들 수 밖에 없었던 것은 장녀였던 나와 둘째 동생이 서로 아이를 돌봐야 하는 현실적인 문제 때문이었다. 둘째 동생은 승진시험도 포기하고 어머니를 살려보겠다고 애를 썼고 막내 동생은 막내 동생대로 해야 할 일들을 묵묵히 수행하며 어머니를 돌보며 간호했지만 어머니는 중환자실에서 그만 의식을 잃고 말았다.

어머니의 안타까운 죽음에 오열하다

자동 심장충격기를 통해 어머니의 멈췄던 호흡은 다시 돌아오긴 했으나 어머니는 중환자실에서 오래도록 연명치료를 하시다 결국 돌아가시고 말았다. 그때가 2010년 1월 30일이었다. 우리는 마치 세상을 다 잃은 것처럼 그렇게 오열하고 오열했으며 비통에 잠기며 서로를 부둥켜안고 통곡했었다. 삼일장을 치르는 동안, 너무나 울어서 힘이 들만큼 슬프고 슬펐지만 우리들의 어머니는 다시 돌아올 수 없는 곳으로 떠나시고 말았다. 우리의 충격은 이루 말할 수 없을 만큼 시간이 흐를수록 더욱 증폭되어 갔고 그렇게 고통스럽고 힘든 순간은 우리에게 다시는 일어나지 않을 듯 슬픔의 강도는 최고점에 향해 있었다. 사랑하는 어머니를 잃는다는 사실만으로도 충분히 서럽고 가슴 아픈 일은 없으리라. 세상에 나를 나게 하시고 사랑으로 돌봐주시고 인간으로 만들어주셨던 내 어머니, 어머니가 계시지 않는 세상은 아무런 의미가 없는 듯 그렇게 서글프기 짝이 없는 일을 겪고 우리의 마음은 더욱 갈 곳을 잃은 사람처럼 느껴졌었다. 세상에 마음 둘 곳이 단 하나도 없는 것처럼 보였다. 어머니라는 존재는 세상에서 힘들어도 돌아갈 곳이 있는 따뜻하고 포근한 집이 있는 사람처럼 느껴지게 하는 아무도 대체할 수 없는 단 한 분의 소중한 존재가 아니던가?

우린 모두 갈 곳을 잃어버린 듯 나침판을 잃은 사람들이 되어 있었다. 울고 울어 눈이 퉁퉁 부었고 장례식장에 찾아오는 조문객들을 어떻게 맞이했는지 조차도 기억나지 않을 만큼 오로지 어머니 생각 뿐이었다. 아버지를 잃고 몸과 마음으로 고생만 하시다 이제는 좀 편안하게 사셔도 된다고 생각하던 순간의 찰나에 바로 위기가 찾아왔고 그 순간을 이기지도 못한 채, 행복했던 순간들을 즐길 새도 없이 세상을 떠나가신 어머니가 안타깝고 안타까워 눈물이 되어버리신 사랑하는 우리의 어머니와 우리는 과연 어떻게 이별을 해야 할지 차마 용기조차 나지 않았다.

어머니의 마지막 모습에 염을 하는 순간을 바라보며 나는 어머니를 잠시나마 느꼈다. 어머니는 마치 살아계시는 듯 평온해 보이셨다. 나는 어머니의 얼굴을 손으로 만져보았다. 살아계실 때 만져보았던 어머니의 얼굴은 언제나 부드럽고 따스해 기분 좋았었는데 그때처럼 따스하진 않았지만 부드러운 얼굴의 촉감은 여전히 그대로이셨던 내 어머니, 마지막으로 이 세상에서의 인사를 나누며 어머니를 영원히 기억하기 위해 어머니의 얼굴을 오래도록 바라보았다. 어머니는 내가 당신을 부를 때마다 환하게 웃어주셨는데 차가운 지하의 안치실에 누워계신 당신의 모습은 생경하기 이를

데 없었고 나는 그만 또 어머니의 이름을 부르며 오열하고 말았다. 내 아이도 외할머니의 눈을 감은 모습을 바라보며 울먹였고 내 남편도 내 동생들도 내 이모들도 울었고 하늘마저 서러운 듯 울었다. 어머니를 화장터로 옮기기 위해 장의차에 싣고 장례식장을 떠나는 순간, 비는 내리기 시작했다. 눈물이 빗물처럼 흘렀고 눈물은 마를 새가 없었다. 빗물은 내 마음에도 적셔들었고 큰 강물을 이뤄 다시 눈물로 변해가고 있었다. 맑고 뜨거운 눈물이 내 어머니의 마지막 가는 길을 인도하고 있었다. 어머니는 화장터에서 한 줌의 재로 변해 항아리에 담겨 아버지가 먼저 가신 길을 따라 육신의 고통으로부터 해방되셨다.

아버지가 먼저 계셨던 남양주의 납골당에 안치되었던 날, 우리는 더 이상 어머니가 우리 곁에 없다는 사실을 인정하고 말았다. 아무리 불러도 대답하지 않으시는 어머니, 아무리 보고 싶어도 볼 수 없는 어머니, 아무리 만지고 싶어도 만질 수 없는 어머니를 우리는 한 장의 종이로 남겨진 어머니의 사진을 통해서만 바라볼 수 있었다. 어머니. 어머니. 어머니. 아무리 불러도 더 이상 들을 수 없는 어머니의 음성을 단지 우리들의 기억과 마음속에서만 들을 수 있다는 것이 안타까울 뿐이었다. 어머니의 목소리를 녹음이라도 해놨더라면, 어머니의 모습을 동영상이라도 남겨놓았더라면 그렇게 후회로 남지는 않았을 것이다. 영원히 오래도록 우리 곁에 계시리라는 바보 같은 생각으로 인해 우리의 소중했던 어머니의 모습과 음성을 남겨두지 못했던 것이리라. 그 미련함이 우리를 더욱 안쓰럽게 만들었다. 시간이 흐르면 흐를수록 그리움으로 인해 살 수가 없다는 걸 오랜 시간이 흐른 뒤에도 절실히 느끼며 느끼는 순간순간들의 연속이었다.

어머니가 남기신 소중한 선물

어머니를 납골당에 안치하고 당신이 계셨던 집으로 돌아오던 날, 우리는 기운이 다 소진된 것만 같았다. 몹시도 피곤했던 우리들은 잠에 빠져들었지만 자다가 깨기 일쑤였고 며칠 동안은 깊은 잠에 들지 못했었다. 마치 어머니가 다시 집으로 돌아오실 것만 같아서. 어머니가 사용하셨던 물건들을 바라보며 입으셨던 옷을 바라보며 어머니가 들고 다니셨던 핸드백을 바라보며 음식들을 만들어 담으셨던 그릇들을 바라보며 다시 어머니가 찾아오실 것만 같아 기다렸던 애틋한 삼일을 친정에서 보내며 삼우제를 지냈다. 그리고 이제는 그만 어머니를 편안한 곳으로 보내드려야 한다는 생각이 불현듯 들었다. 살아계실 때 고통스러웠던 육체와 순간순간 힘들었을 마음을 편안하게 쉬시게 만들어드려야 하는 것이 자식된 마지막 도리라는 걸 깨닫기 시작했다.

어머니가 사용하시던 손때 묻은 가구들과 어머니가 입으셨던 옷들과 핸드백들 그리고 병마와 싸우실 때 사용하셨던 모든 의료기구들을 정리해야겠다는 생각이 들었다. 내가 하지 않으면 내 동생들도 엄두도 못 낼 일들이기에. 먼저 제대로 사용조차도 하지 못했던 새것이나 다름없는 의료기구들을 다른 환자들을 위해 기증했고 어머니가 입으셨던 옷들은 어머니의 친 언니인 큰 이모님께 보내드렸다. 어머니가 들고 다니셨던 핸드백들은 내가 선물해드리거나 골라준 고가의 백들이었기에 나와 동생들이 나눠서 사용하기로 했다. 내가 골라드렸던 명품 핸드백을 어머니는 참 좋아하셨는지 핸드백 하나는 참 많이 닳아 있었지만 그래도 어머니의 유품이기도 하고 내가 좋아했었던 것이라 우리 집으로 돌아올 때 어머니의 가구들 중, 일부와 함께 가져 와 내가 사용하기로 했다. 어머니는 돌아가시는 순간까지도 우리에게 정말 많은 것들을 남겨주시고 가셨던 것이다. 어머니께서 사용하시던 물건들뿐 아니라 우리 세 자매의 우애도 큰 선물처럼 남겨주셨던 것이다. 그 사랑과 우애는 변치 않는 것으로 만들어주신 것에 진심으로 감사드린다.

우리는 일상으로 돌아오면서 어머니의 깊고 깊은 큰 사랑을 다시 한 번 더 느꼈다. 내 어머니는 병으로 인해 그렇게 고통스러운 와중에도 장녀인 나를 위한 선물을 유언으로 남기셨는데 내가 생각조차도 못할 만큼의 섬세하고 배려깊은 사랑을 확인시켜 주셨던 것이다. 그 선물은 지금까지도 내 마음 속에 남아있고 영원히 변치 않는 소중한 선물로 각인되어 있다. 어머니가 돌아가시고 난 후, 둘째 동생은 내가 사는 곳으로 이사를 왔다. 조카는 내 아이와 함께 학교에 다니며 마음의 안정을 조금씩 되찾아갔고 둘째 동생은 새로운 곳으로 집과 가까운 위치에 있는 직장으로 발령을 받았다. 승진을 포기할 수밖에 없었기에 최선의 선택이었던 것이다. 막내 동생은 다시 중국으로 돌아가야 했지만 건강에 이상이 생겨 우리와 함께 지내며 건강을 회복하기 위해 노력했다. 세 자매가 한 동네에서 살게 된 것은 어머니가 우리에게 남겨주신 최고의 선물이었으리라. 어릴 때 우리는 한 집에서 살면서 늘 티격태격 싸우며 자랐다. 자매의 정이라든가? 우애라든가? 이런 감정들은 어려서인지 잘 느끼지 못했는데 내가 결혼을 한 후, 사업을 할 때 그때서야 자매간의 정과 우애를 느낄 수 있었던 것이다. 어른이 되어 어쩌면 처음으로 느끼게 되는 자매들의 진한 우애는 가슴 뭉클해지는 감동을 느끼게 하는 감정이었다.

부모님의 자식들로 태어나 함께 희노애락의 숱한 감정을 느끼며 나누게 되는 순간은 그 어느 때보다 강한 결속력으로 나타났다. 우리가 서로를 생각하는 마음은 더욱 더 강해져갔고 사랑은 더 애틋하며 깊어만 갔다. 아프면 함께 아파했으며 기쁘면 같이 기뻐했고 슬프면 같이 슬퍼 눈물을 흘렸으니까. 부모님을 생각하며 떠올릴 때는 거의 동시다발적으로 같은 감정을 느낀다는 것을 알 수 있었다.

어머니가 돌아가시고 난 후, 49제를 함께 지냈으며 우리는 더욱 강한 마음으로 살아갈 것을 다짐했다. 어머니가 살아계실 땐 살면서 어려운 일들에 봉착할 때마다 그 지혜를 당신께 구했다면 이제는 그럴 어머니가 계시지 않기에 스스로 해답을 찾아야 했고 스스로 결론을 내려야 했다. 그것은 참 어려운 숙제였다. 누구에게서도 배우지 못해 풀지 못하는 수학문제처럼, 하지만 그 문제를 풀기위해 우리들은 함께 힘을 모았고 지혜를 강구하며 하나가 되었다. 서로의 조카들을 함께 돌봤으며 어떤 일이든 함께 해결해 나갔다. 막내 동생의 건강도 차츰 회복되기 시작하면서 동생은 막내 제부가 있는 중국으로 돌아갔고 어머니 대신 조카는 방과 후, 내가 돌보며 가르쳤고 우리들은 조금씩 일상의 모든 순간들을 각자의 자리에서 최선을 다하는 생활을 영위해나갔다. 그렇게 그곳에서 아이들은 자전거를 배우며 커 나갔고 피아노를 배우고 발표회를 하며 성장 했고 교회에 다니며 신앙생활을 했으며 자연을 바라보며 텃밭을 가꾸며 감성을 느끼는 아이들로 자라나고 있었다. 몇 년이 지나고 아이들은 상급학교에 진학하기 위해 새로운 곳으로 이사를 가야만 했다. 아이들이 자라나면서 새롭게 발견하게 되는 재능이나 취향, 다양한 면면들을 바라보며 우리는 참 많이도 어머니를 그리워했다. 어머니께서 살아계셨더라면 손자들을 바라보시며 얼마나 흐뭇해하셨을까? 피아노를 근사하게 연주하는 손자의 모습을 보셨더라면, 영어를 멋지게 말하는 손자를 보셨더라면 어머니 특유의 환하고 큰 웃음과 박장대소하시며 크게 기뻐하시는 어머니의 모습을 볼 수 있었을 텐데. 아이들도 외할머니를 참 그리워했다.

"할머니 보고 싶어요." 하는 말을 자주 하곤 했으니까. 명절이 다가오면 우리는 부모님의 부재를 더욱 절실하게 느꼈다. 우리가 좋아하는 명절에 먹는 음식들을 떠올리며 어머니 당신의 솜씨로 만들어주시던 맛난 음식들이 그리워서 그대로 음식들을 만들어보려고 했지만 잘 되지 않아 더욱 어머니의 음식들을 맛보고 싶어 했었다. 또한 명절이 되어도 부모님을 만나뵐 수 없다는 그 사실만으로도 충분히 마음 아팠다. 우리는 명절 날 아침에 추도예배를 드린 후 우리가 만든 음식들을 나눠먹고 부모님이 안치되어 있는 납골묘로 향할 때, 더욱 그리워 견딜 수 없는 외로움과 슬픔을 느꼈다. 부모님이란 존재는 아파서 자리에 누워 있다 해도 그저 그 존재 자체만으로도 충분히 큰 위로와 힘이 되어주는 존재란 걸 우리는 수도 없이 절실하게 느끼고 느꼈다. 납골당에 갔다가 또 어디로 가볼까? 부모님과 함께하지 못하는 명절은 언제나 시간이 평소보다 훨씬 길게 느껴졌다. 어딘가에 부모님이 살아계신다면 우리는 명절 연휴동안 어디로 가야 할지 고민하지 않을 것이고 누구를 만나야 할까? 휴대폰에 있는 전화번호를 살펴보지도 않았을 것이다. 몇 번의 외롭고 긴 명절을 보내면서 우리는 깨달았다. 그동안 우리가 해보고 싶었던 일과 가보고 싶었던 곳에 한 번 가보자고. 그런 의견들을 주고받은 후 우린 생각했다. 부모님은 우리가 행복하게 살아가길 원하실 것이라고. 그렇게 생각하니 마음이 편안해져 왔다.

새로운 마음으로 살아

우리는 몇 년 동안 명절을 보내며 조금씩 우리가 행복해지는 방법들을 알아가기 시작했고 터득할 수 있었다. 아이들을 상급학교에 진학시키기 위해 전학을 갔던 양평에서 사는 동안 우리들은 우리가 살았던 여러 곳에서의 삶보다 훨씬 행복했다고 아직도 생각하고 있는데 그곳에서 우리는 처음으로 다양하고 많은 경험들을 할 수 있었다. 추위를 이기는 방법이나 텃밭을 일구는 방법이나 꽃을 가꾸는 법이나 이웃들인 어르신들을 사귀는 것뿐 아니라 길고양이를 만나 고양이를 키우는 방법까지 모두 알게 된 것들이다. 그만큼 우리는 평소에 자기 일에만 매몰되어 있었기에 다양하고 자유롭게 사는 방법을 잘 모르고 있었던 것이다. 특히 어릴 때부터 늘 요물이라고 들어왔던 고양이에 대한 인식을 재인식하게 되었을 때 무척이나 신기하기도 했지만 길고양이의 지난한 삶에 관심을 갖기 시작함으로 앞으로의 삶 속에서 길고양이를 입양해 키우는 계획까지 하게 되었다는 것은 참으로 놀라운 일이 아닐 수 없었다. 그곳에 사는 동안 두 번째로 가꾸게 되었던 나의 텃밭에 놀러 온 전혀 경계심 없는 고양이를 처음 만났던 날을 잊을 수가 없다. 고양이가 그렇게 사랑스러운 동물이란 걸 처음으로 알게 해준 매력적인 동물이었고 평소에 유난스럽게 깔끔함을 떨었던 나는 손에 물 한 방울 묻히는 것조차 싫어 해 음식도 늘 어머니가 만들어주시던 것만 먹었던 내가 전혀 의외의 면을 발견하게 되는 계기를 만들어줬던 것은 텃밭 가꾸기다. 그것은 내 삶의 활력소가 되어주는 것은 물론, 내 마음을 차분하게 가라앉히며 치유가 되어주는 역할을 충분히 했다.

나는 내 손으로 일궈 하루하루 다르게 변해가는 텃밭을 바라보며 기쁨을 느꼈다. 흙을 만지는 순간부터 마음의 평화가 찾아왔고 내 손길에 의해 생명의 싹을 틔우는 작물들을 바라보며 얼마나 뿌듯했는지 모른다. 도시에서만 자라 외모와 성격은 누가 봐도 차가운 도시여자처럼 까다로워 보이는 내가 선글라스와 모자를 쓰고 텃밭에 앉아 잡초를 뽑고 있을 때 동네 사람들은 나를 한참을 쳐다봤었다. 텃밭과 전혀 어울리지 않은 모양새였으리라. 누가 나를 어떻게 보든 말든 나는 텃밭에 온 마음을 쏟고 온전히 몰입하고 있었다. 그 순간만은 병으로 고통스러워하시며 안타깝게 돌아가신 어머니에 대한 생각들을 모두 잊을 수 있었다.

그렇게 나는 어머니에 대한 애틋한 그리움과 어머니의 부재에서 오는 짙은 외로움을 조금씩 잊어가고 있었다. 단순노동이지만 몸을 움직이며 무엇인가에 깊이 몰두하게 될 때, 미치도록 그리워하는 감정들을 잠시 동안이지만 잊을 수 있다는 방법을 알게 된 나는 더욱 텃밭 가꾸기에 매달리고 있었다. 이른 아침에 일어나 내 텃밭에 와 기다리는 길고양이에게 밥을 주고 텃밭에 열려있는 온갖 열매들과 채소들을 수확하는 즐거움을 알게 해준 나의 텃밭, 작지만 내 텃밭은 언제 어떤 작물을 심어야 하는지에 대해서도 알게 해주었다. 처음으로 콩 농사를 지으며 농사를 전문적으로 하시는 동네 어르신들로부터 칭찬도 들으며 나는 텃밭이 내게 주는 의미가 얼마나 큰 것인지 알아갔고 수확을 할 때의 그 기쁨이 정말 크다는 것을 절실히 깨달았던 것이다.

하루에 몇 번씩 텃밭을 둘러보며 조금씩 달라져가는 생명들의 변화를 바라보며 내 손길이 닿은 것마다 결실을 안겨다 주는 것에 놀라기도 했으며 내 마음은 그 어느 때보다 풍성하기 그지없었다. 오랫동안 나를 힘들게 했었던 내 삶을 잠식했던 불면증은 어느 순간, 사라져 꿀잠을 자게 되었으며 소화가 잘 되지 않아 하루에 한 끼 식사만 했었던 나는 어느새 소화력마저 정상으로 돌아오고 있었다. 참으로 놀라운 변화가 아닐 수 없었다. 내 동생은 달라진 언니의 모습에 무척이나 좋아했다. 늘 환절기만 되면 감기를 달고 살았던 저질 체력을 가지고 있었던 몸이 약했던 내가 건강한 모습으로 변해가니 당연한 것이었다. 소위 말해서 안정적인 직장에 다니며 정해진 방식대로의 평범하고 보편적인 일상들만 살아왔었던 우리 삶의 스펙트럼이 훨씬 더 폭넓어졌다는 생각에까지 이르렀던 것이다.

만약 우리가 우리의 부모님을 일찍 여의지 않았더라면 전혀 경험할 수 없었던 세상이었을 것이다. 우리는 어쩌면 그동안 공부만 잘하면 다 된다는 짧은 생각만으로 삶을 살아왔을 것이다. 삶은 공부만 잘해서는 살 수 없는 것이란 걸 언제나 깨닫게 해준다. 나는 이런 경험을 토대로 나이가 더 들면 내가 일궈나갈 수 있는 텃밭과 꽃밭을 가꾸며 살아야겠다는 생각을 막연하게나마 하게 되었다. 자연이 주는 기쁨이 얼마나 큰 것인지를 알았기에. 양평에서의 삶을 아직도 잊을 수가 없다. 봄이면 여린 핑크빛의 벚꽃이 앞 다투어 아지랑이 피어오르듯 피어있는 그 길목을 따라, 햇빛에 반짝이는 물결을 이루는 남한강을 바라보며 아름답다고 수도 없이 되 뇌이며 우리는 양평 장으로 가곤했었지. 장에서 한 손이 없는 아저씨가 팔러 갖고 나오신 향기로운 백합구근도 사고 도넛도 떡볶이도 사먹고 덤으로 주는 과일도 사고 미용실에 들러 아이들의 이발도 해주었지. 장은 내 어머니의 마음처럼 언제나 풍성했었지. 때론 어머니가 그리워지면 팔당대교를 따라 가까운 납골당이 있는 남양주로 가곤 했었다. 장에서 사왔던 백합구근은 오래도록 꽃을 피우지 않아 잘못 산 것이 아닌가? 의혹을 품기도 했지만 어느 날, 너무나 아름답고 향기로운 백합꽃을 피웠을 때 나는 한 손이 없던 아저씨가 하셨던 말씀을 기억했다.

"손님처럼 예쁜 꽃을 피울 것이라고."

환하게 웃으시며 기분 좋은 말을 해주셨던 아저씨가 파시는 백합구근을 더 사올 걸 하며 꽃을 가꾸는 즐거움을 느끼게 했던 그곳, 봄에 싹을 틔우는 나물들의 종류를 알아가는 재미를 알게 해준 그곳, 내게 길고양이가 매력적인 동물이란 걸 알게 해준 그곳, 내게 그림을 보는 안목을 높여주었던 그곳, 아름다운 음악을 듣고 감동의 눈물을 흘리게 해줬던 그곳, 나무를 다루며 무엇인가를 만들 수 있는 취미를 갖게 만들어줬던 그곳, 겨울이면 눈이 너무 많이 와서 집 앞의 눈들을 치워야만 밖으로 외출할 수 있다는 걸 알게 해준 그곳, 기온이 너무 낮아서 아무리 보일러를 돌려도 춥고 추워서 발에 동상이 생기는 일도 있었지만 그곳엔 사람들도 풍경만큼 아름다웠다. 그곳에서 일 년 반을 살면서 우린 어떤 다른 곳에서 살았던 기억보다 더 좋은 기억들이 추억으로 남았다는 걸 알게 되었다.

언제나 사랑하는 동생과 함께

동생은 그곳에서 세종시로 발령을 받아가야 할지 고민을 하고 있었다. 돌아가신 어머니와 조카 때문에 오랫동안 진급이 미뤄지고 있었고 점점 나이가 더 들면 진급을 하고 싶어도 대상에서 제외되어 버린다는 걸 의식하고 있었지만 선뜻 결론을 내리지 못하고 있었던 것은 혼자서 가야 하는 것에 용기가 나지 않아서였다. 동생과 아랫집과 윗집에 살면서 모든 걸 함께 했었던 우린 헤어질 준비조차도 하지 못했을 뿐더러 동생이 직장에 가면 조카가 홀로 지내게 될 수밖에 없던 현실을 무시할 수만은 없었기에 더욱 망설일 수밖에 없었으리라. 나는 동생의 흔들리는 눈빛을 바라보았다. 언니와 삶을 함께 하고 싶은 동생의 작은 바람이 욕심일까? 나는 어머니가 돌아가시던 그 순간부터 마음속으로 확고하게 다짐을 했었다. 사랑하는

내 동생과 어디든 가리라고. 어머니가 원하시고 바라셨던 자매간의 우애
와 어디를 가든, 함께 하기를 소망하셨던 유언을 꼭 지키겠노라고 약속드
렸기에 나는 단연코 동생과 어디든 함께 할 것이었다. 동생에게 말했다.

"네가 어디로 발령을 받아서 가든, 우린 함께 갈 것이다."

동생은 내 말에 그제야 밝게 미소를 지었다. 우리는 속전속결로 집을 내
어놓고 동생은 먼저 조카가 다닐 학원이 구축되어 있는 대전으로 내려가
집을 구했고 발령을 받아 연수를 떠났다.

나 또한 세종시에 내려가 우리가 살 집을 알아보느라 동분서주했다. 적
당한 집이 나오지 않아 마음을 졸였지만 아이들이 양평에서 졸업을 하고
상급학교에 입학할 시기에 맞춰 집을 구해 세종시로 이사를 할 수 있었다.
6년 전의 세종시는 지금과는 확연하게 달랐다. 처음 세종시의 땅을 밟았
을 때의 느낌은 황량함 그 자체였다. 불안해 보이는 시골의 빈터만이 우리
를 맞아줄 뿐이었다. 그래도 우린 함께 할 수 있어서 좋았다. 아이들은 이
곳에서 상급학교에 입학을 했고 새로운 꿈에 부풀어 있었다. 초등학교 2학
년 겨울방학 때 외할머니를 잃었던 아이들은 중학생이 되었고 그동안 몸
도 마음도 무척이나 성장해 있었다.

어머니는 하늘나라에서 우리의 모든 것을 지켜보시고 계실 것이었다.
부산에서 태어나 자라고 그곳에서 교육을 받으며 어른으로 성장해 결혼을
하고 아기를 낳고 부모가 되어 부산사람으로 살다가 본의 아니게 여러 일
들을 겪으며 도저히 고향에서는 살 수 없어 학창시절부터 늘 선망하던 서
울로 가 살았다. 그리고 경기도의 여러 지역으로 이사를 다니며 14년 동
안의 세월을 살다가 충청도라는 지역에 처음으로 발을 내딛게 되었을 때

우리는 앞으로 살아가게 될 이곳이 향후 우리의 삶에 어떤 영향을 줄 것인지 전혀 예측조차도 하지 않았을 뿐더러 상상조차도 할 수 없었던 다양한 경험들을 하게 되리란 걸 꿈에서도 알지 못했던 것이다. 지금 생각해보면 그 모든 과정들이 흥미진진함 그 자체였었다. 새로운 곳으로 이사를 와 적응해 사는 동안, 행복하고 좋은 일들만 있길 바라는 마음이 통했는지 우리는 한동안 정말 우리의 인생에서 다시 오질 않을 것처럼 행복하고 즐거운 일들만 가득한 하루하루를 보냈다. 남편이 하는 사업도 점점 더 잘 되었고 마음이 넉넉해질 만큼 경제적으로도 넉넉해져갔다. 그러나 점점 나의 몸에 이상 징후를 느끼면서 생리가 끊기고 갱년기 증세로 나타나는 호르몬 변화에 우울증이 걷잡을 수 없을 만큼 심각해져 가는 것을 느꼈다. 점점 우울함이 증폭되어 가는 것도 문제였지만 매일같이 아침에 일어나지 못할 만큼 아파서 하루하루 식음을 전폐하는 일도 일어났다. 집안일을 하는 것도 프리랜서로 일하는 것도 힘들어 쉬는 날들이 많아짐에 따라 한동안 모든 일들을 손을 놓아야만 했고 집안일을 제대로 하지 못하니 엉망진창이 되어가는 꼴이 되는 것은 당연한 것이었다.

그 즈음 나는 어머니에 대한 그리움이 날이 갈수록 증폭되는 것을 느끼며 문득 어머니와 경기도에 살았던 때가 떠올랐다. 어머니는 지금의 나처럼 갱년기 증상이 나타나 얼굴이 심하게 달아오르는 홍조현상과 비가 오는 듯 얼굴에 많은 땀을 흘리는 모습을 보았는데 그때 나는 아무것도 해줄 수 없었다. 그런 내가 갱년기 증상을 심하게 앓은 후에야 어머니의 고통을 뒤늦게나마 겨우 이해할 수 있게 된 것에 미련하기까지 한 자신에게 화가 났던 것이다. 그리고 넓은 집에 가득 채워져 있었던 물건들과 가구들을 제대로 관리조차 하지 못한다면 정리하는 것이 더 낫다는 판단을 하고 필요하지 않는 물건들을 분류해 하나씩 나눔을 하거나 정리해버리고 세간 살림을 간소화시켰다. 그런 행위를 통해 나는 나누는 기쁨도 알게 되었으며 세상에 많은 물건들이 없어도 살아갈 수 있다는 걸 진정으로 깨닫게 되었다. 15년 전, 빈털터리가 되어 서울로 상경할 때처럼 꼭 필요한 물건이 아니면 가지고 있을 필요도 없다는 것을 터득하는 데는 오랜 시간이 걸리지 않았다. 내가 너무 아파서 만약 일어나지 못하게 되어버린다면 남의 손에 내 물건들을 맡기고 싶지 않았던 이유도 크다.

어느 날 아침 눈을 떠 베개에 흥건히 젖어있던 내가 흘린 눈물을 바라보았다. 나는 무슨 이유로 인해 거의 매일 자리에서 일어나자마자 내 눈가에 흘러내린 눈물을 바라볼 수밖에 없었던 것일까? 갱년기 증상인 우울증은 내 마음에 오래도록 봉인되어 있었던 근원적인 깊은 슬픔과 지친 외로움들과 싸우다 더 이상 견뎌낼 수 없어 그만 봇물처럼 터져버렸던 것이다.

심연

　나는 자다가 꿈을 꾸었고 그 꿈속엔 언제나 나를 사랑하셨던 내 부모님과 함께 우리 집 정원을 거닐며 웃고 있던 나를 바라보았었고 언제부터인가 전혀 소식조차 알지 못하게 된 그리운 내 친구들과 내 고향 부산의 바다냄새와 그곳에서 먹었던 맛있는 음식들과 내가 고향을 떠나오기 전까지 돌아다녔던 거리 구석구석을 헤매고 있는 나 자신을 발견하게 되었다. 꿈을 꾸면 어느 날은 부모님과 함께였고 또 어떤 날은 내가 사랑했던 강아지들과 뛰어다니며 놀고 있는 나를 보았고 어떤 날은 내가 좋아했던 친구들과 부산의 번화가 거리를 함께 웃으며 돌아다니는 꿈을 꾸었다. 꿈속에선 내가 현실에서 이루지 못하는 것들을 마음껏 할 수 있었던 것이다.

　꿈에서는 부모님의 사랑을 받으며 한없이 기쁨으로 넘쳤던 나, 그리운 친구들과 기분 좋게 만나서 가고 싶었던 장소에 마음대로 갈 수 있었다면 꿈에서 깨어난 현실에서는 언제나 아쉬움과 안타까움으로 가득한 나의 모습, 그것은 내게 한없는 그리움과 슬픔을 안겨주는 것이었다.

내 마음의 병이 점점 깊어 가면 갈수록 나의 몰골은 사람의 모습이 아니었다. 남편과 나는 고향이 같았고 함께 한 추억들이 많았으므로 남편에게 내 마음에 깊숙이 자리 잡고 있는 병의 원인이 갱년기 증상의 우울증과 만나 더욱 가속화되고 있고 그것은 우리의 고향인 부산에 가야 만 완화되고 해결될 수 있는 병이라고 말했다. 우리 부부는 우리의 고향인 부산을 떠나온 지 15년 이란 세월이 흘렀지만 누구 하나라도 고향에 가보자는 것에 대해서는 쉽사리 입을 열지 못했었다. 그것은 어쩌면 우리 두 사람이 불문율처럼 지키고 있던 무언의 약속 같은 것이었다.

15년 전, 부산을 떠나올 때 우리는 손에 아무 것도 가진 것이 없었다. 세간살이 하나 조차도 우리의 것이 없었고 단지 우리가 가진 것이라곤 옷가지들과 소지품 정도와 우리가 낳은 4개월에 막 접어든 아기가 우리가 가진 전부였다. 모든 것들을 다 잃어버렸던 우리에게 그래도 새로운 생명이 있다는 건 희망을 품을 수 있는 작은 불씨가 되어 주는 것이었지만 어머니에게 얹혀 살고 있었던 우리에겐 선택의 여지조차 없었던 것이다. 우리가 할 수 있는 일이라곤 서울로 이사 가 새로운 직장을 구하고 하루하루 살아내며 조금씩 돈을 모아 어머니에게서 독립하는 것만이 우리의 최대의 목표였다.

악몽

그해 초여름, 서울 상계동으로 처음 이사했을 때가 아직도 기억에 남아 있다. 고가도로가 지나가는 대로변에 위치해 있었던 방 세 칸짜리의 1층 빌라는 낮이든 밤이든 시끄럽고 밤이 되어도 낮처럼 밝은 곳으로 기억된다. 식당과 술집이 많아서 고기 굽는 누린내와 누군가 토해놓은 토사물로 인해 악취와 술 냄새가 열려있는 창으로 밤마다 들어올 때 비위 약한 나는 심한 토악질이 나 견딜 수 없었고 집 앞엔 주차장이 있어 자동차의 굉음소리와 타이어 고무 냄새 때문에 어쩔 수 없이 창문을 닫으면 더위로 인해 잠을 이룰 수조차 없었다. 밤새 선풍기를 돌리고 한 숨 자려고 눈을 감으면 오래도록 잠에 들지 못했으며 겨우 잠에 들었다 싶으면 개미가 몸을 물어대 가려워 잠에서 깨어버렸다. 매일 잠을 설치는 날들이 이어졌다. 하루는 새벽녘에 누군가 나를 내려다보고 있는 듯 느낌이 오싹해 눈을 떠 보니 하얀 소복을 입고 머리를 길게 풀어헤친 귀신이 나와 내 아기를 쳐다보고 있는 것에 나로 모르게 비명을 지르고 말았다.

그러나 내 목소리는 내 안에서만 맴돌 뿐 소리는 전혀 나오지 않는 비명이라 집안에 있는 누구도 들을 수 없었다. 매일 밤 가위에 눌리며 나의 몸과 마음은 점점 쇠약해져 갔고 매일 방긋방긋 웃는 사랑스런 아기를 안아줄 수조차 없었다. 여름이 지날 무렵, 어머니는 내가 건강을 잃어가고 있는 것이 주변 환경 때문이라 생각하셨는지 더 넓은 집으로 이사를 가자는 제안을 하셨고 우리는 막내 동생 내외가 살고 있는 광진구로 이사를 갔다. 동생과 좀 더 가까이서 살게 되어 기뻤고 아기가 하루하루 다르게 커 가는 모습을 지켜보며 조금은 더 행복해질 것이라 믿었지만 여전히 나아지지 않는 아픈 나의 몸, 광진구에서 사는 동안 역시 나는 밤마다 잠을 자려고 침대에 누우면 무엇 때문인지 머리와 이마에 통증이 느껴져 잠을 이룰 수 없었다.

병원에 가보아도 낫지 않았고 마치 바늘의 뾰족한 끝부분에 찔리는 듯 통증을 느끼며 밤마다 잠을 이루지 못한 나는 밤새 책을 읽으며 얼른 밤이 지나가길 기다렸다. 책은 그때 내게 유일한 최고의 친구였다. 내 마음을 치유해줄 수 있는 유일한 세상의 단 하나의 친구, 내 마음속 생각을 누군가에게 말하지 않아도, 말하고 싶지 않은 마음 속 얘기를 털어놓지 않아도 되는 그런 친구처럼 나를 위로하며 긴긴 밤을 지새우며 아침이 오기를 기다렸던 그때, 나는 어쩌면 많은 친구가 없어도 외로움을 견뎌낼 수 있으리라 생각했다. 가을과 겨울을 그곳에서 그렇게 지냈다. 새벽이 지나 아침에 먼동이 터 오를 때쯤 눈꺼풀이 저절로 감기며 잠이 왔고 잠 속으로 깊이 빠져드는 순간 늦잠을 자고 있으면 먼저 잠에서 깨어난 내 아기가 침대로 기어와 침대 모서리를 잡고 일어나 내게로 다가왔다. 늘 아침에 일어난 아기는 언제나 방긋방긋 웃는 아기였다. 단 한 번도 울지 않았다. 아플 때를 제외하면 그렇게 순하고 예쁜 아이는 아마 세상에서 내 아기가 유일하지 않을까 생각이 될 만큼, 그 아기가 기어 다니다 드디어 침대 모서리를 잡고 일어서 걸음마를 시작하려는 순간이었다. 나는 이렇게 매일 아프고 힘이 드는데 내 아기는 어느새 엄마라고 말을 시작했고 생애 첫 돌을 맞이했다. 기쁘고 기쁜 역사적인 순간이었다. 아기가 태어나 사람이 되어가는 모든 과정의 한순간 순간들은 경이로운 사실임에 틀림없었고 그 순간순간들을 나는 내 눈으로 직접 목격하며 경험하게 되므로 사람이란 존재는 세상의 어떤 것과도 비교할 수 없는 가치 있는 존재라는 걸 마음 속 깊이 깨달았다.

그즈음 부산에 살고 있었던 조카를 서울로 데려와 돌보고 있었던 어머니는 우리와 헤어져 부산으로 이사를 가기로 하셨다. 우리는 어머니와 헤어지고 경기도 하남에 집을 구해 이사를 갔다. 시골집을 현대식으로 리모델링한 새집이라 깨끗하고 안락해보였고 무엇보다 서울에서는 구할 수 없는 전세금으로 방 세 칸짜리 집에 살 수 있다는 것과 한적하고 조용한 시골마을에 위치해 있는 점도 마음에 들어 계약을 했다.

하남으로 이사한 첫날 밤, 피곤해 나도 모르게 잠에 절로 빠져들었는데 잠을 자는 동안, 단 한 번도 잠에서 깨어나지 않을 만큼 편안하게 숙면을 취할 수 있었다. 참 이상했다. 집에 따라서 잠을 못 이룰 만큼 괴로운 밤을 수도 없이 보냈던 서울에서의 지난 일 년의 시간은 왜 그토록 잠을 이루지 못했을까? 나는 이성적이지만 때론 무척이나 감성적인 사람이다. 나의 성격이 무척이나 강직하고 분명하지만 감성적인 부분에서는 타의 추종을 불허할 만큼 순수하고 맑은 성향을 가지고 있기에 때론 굉장히 예민하고 남들이 잘 느끼지 못하는 부분까지 느끼는 경향이 있어서 인지도 모르겠지만 나중에서야 부동산 직원의 말을 듣고 왜 내가 서울의 집에서 잠을 자지 못했었는지 이해가 되었다. 내가 잠을 잤었던 그 방에서 사람들이 죽었다는 얘기를 들었다. 그 말을 듣고 나는 새로 이사한 집에서 편안한 잠을 잘 수 있었던 것은 이 집에서는 편안한 영혼들이 존재했었구나? 그렇게 이해했다. 세상에는 눈에 보이지는 않지만 분명 존재하는 것이 있을 것이다. 그것에 직접적으로 영향을 받지 않는 이들도 있겠지만 나는 어쩌면 심하게 영향을 받는 사람일 수 있다는 걸 느끼며 내가 몸이 자주 아팠던 여러 이유들 중 하나로 작용했던 집에 관해 그리고 꿈속에서 늘 그리워하던 고향인 부산에 대해 남편에게 처음으로 지난 우리들의 삶을 반추하며 내 마음 속 이야기를 털어놓았다. 남편의 가족들과 인연을 끊고 서로가 왕래하지 않았던 24년의 세월이 흐른 지금, 그때는 원수같이 여겼던 사람들에 대한 마음의 앙금도 어두운 기억도 가물가물해져 눈 녹듯 사라지고 마음으로 이미 그들을 용서했고 이제는 우리의 고향인 부산에 가봐야 할 시점이라고. 남편 역시 내 말에 흔쾌히 동의하며 가보고 싶다는 말을 했다.

우리는 그렇게 서로의 마음을 확인한 다음, 15년 만에 부산으로 여행을 떠나기로 했다. 아기가 태어난 지 4개월에 접어들었을 때 빈털터리로 부산을 떠나와 아이가 중학생이 된 이후에서야 우리는 고향인 부산으로 갈 것을 계획하고 가슴이 벅차오르고 눈물이 나와 감격으로 온 몸이 짜릿해졌고 여행을 떠나기로 한 날짜가 다가올수록 얼마나 설레었는지 모른다. 빈 털터리에서 과거에 누렸던 풍요로운 이전만큼 성공하지 못한다면 다시는 고향 땅을 밟지 않을 것이라 다짐했었는데 15년이 지난 시점에 생각해 보니 우리가 그토록 간절히 오매불망 그리워했던 고향에 가지 않을 이유가 전혀 없었던 것이다. 이만 하면 최선을 다했으므로! 우리는 15년 만의 귀향이니만큼 며칠 동안의 여행일정을 아무렇게나 잡고 싶지 않았다. 우리가 살았던 집들도 다시 보고 싶었고 즐겨 먹었던 음식들도 맛보고 싶었고 자주 갔었던 장소에도 가보고 싶었고 우리가 좋아하던 사람들도 만나고 싶었던 것이다. 그중 제일 먼저 꼭 해보고 싶었던 것은 부산에서 먹었던 음식 중, 가장 먹고 싶었던 그리운 음식들을 다 먹어보는 일이었다. 우리가 소망하는 것들은 거창한 것이 아니었다. 꿈속에서 늘 그리워했던 장소와 만나고 싶었던 보고 싶은 사람들을 만나는 것이었다.

아주 오랜만의 귀향, 변함없는 고향

지난 15년 동안 그토록 그리워했던 내 고향 부산에 가는 날이었던 2015
년 3월 29일 일요일,

이른 새벽에 아버지께서 내 꿈에 찾아 와 주셨다. 아버지는 너무나 말끔
한 모습이었는데 하얀 두루마기를 입으시고 너무나 평온하고 환한 웃음으
로 나에게 웃어주셨다. 당신의 꿈을 꾸고 나니 아침부터 기분이 무척이나
좋았고 남편과 나는 즐겁게 부산 여행길에 올랐다. 2015년 봄, 우리는 그
토록 밟고 싶었던 꿈에서야 그리던 우리의 고향인 부산에 도착했다. 부산
방향으로 가는 고속도로로 차를 올리는 순간, 꿈인지 생시인지 분간을 하
지 못할 만큼 가슴이 벅찼다. 늘 그리워했던 고향을 지척에 두고 15년 동안
갈 수 없도록 발목을 붙잡은 것은 바로 나 자신이었다. 아무도 부산 땅을

밟지 못하도록 한 사람은 없는데 내 마음이 내키지 않은 일은 죽어도 하지 못하는 나라는 사람에 의해 어쩌면 내 남편도 고향 땅을 밟을 엄두조차도 못 내었을 것이다. 내 남편은 나로 인해 언제나 불쌍한 사람이었다. 자신의 가족들과의 인연을 끊고 오로지 나와 아이만 생각하며 살아왔던 사람이었고 친구들과의 관계도 헌신짝처럼 버리고 자신의 꿈마저 버린 사람, 목회자가 되어 자신의 꿈을 이루려했던 전도유망했던 청년은 어느새 자취조차 사라져 흔적조차 남아있지 않았다. 어느덧 귀밑엔 흰머리가 생기고 자식과 아내만을 유일하게 생각하며 22년을 변함없이 살아왔던 사람, 참 충실한 가장으로 살았던 내 남편에게 나는 고향으로 향해가는 차 안에서 물어보았다. 부산에 도착하면 제일 먼저 무슨 음식이 먹고 싶은지? 남편의 대답은 참으로 소탈했다. 학창시절부터 대학 다닐 때까지 살았던 사직동 집 근처에서 자주 먹었던 돼지국밥을 실컷 먹었으면 좋겠다고 말했다.

우리가 사업을 함께 운영했었던 부산대학교 앞에서 먹었던 낙지전골과 해운대 버스 종점 앞에 있는 원조 소고기국밥 등, 남편은 내게도 어떤 음식들이 먹고 싶었는지 물었다. 나는 부산에서 먹었던 음식 중 아직도 나의 뇌리에 각인되어 있었던 음식들을 나열했다. 재첩국과 남포동 골목에 있는 얼큰 순두부와 광복동에 있는 설렁탕과 후식으로 30년 전통을 자랑하는 남포동에 있는 빵집에서 샐러드 빵과 커피를 마시고 싶다고. 우리는 그동안 먹고 싶었던 음식들을 말하며 얼른 먹고 싶은 생각에 군침을 삼키며 웃음이 끊이질 않았다. 고향에서 먹었던 음식만으로도 우리는 충분히 여러 스토리텔링이 될 수 있는 사람들이었다. 우리가 신이 나서 열거했던 음식들은 우리가 부산에 살면서 자주 먹었던 것들이기도 하지만 이미 오래전부터 많은 사람들이 가서 먹고 즐겼던 긴 역사를 지닌 음식들이었기에 맛도 검증이 되었지만 그 음식들과 관련해 얽혀있는 스토리 또한 충분히 많아 더욱 그리워 할 수밖에 없었다. 부산에 도착하는 순간, 우리는 부산에서만 느낄 수 있는 공기를 맡았다. 포근하고 따스한 공기가 우리를 감싸 안았고 말할 수 없는 가슴 먹먹함과 벅참을 느꼈다. 그것은 마치 어머니의 품속에서만 느낄 수 있는 포근함과 편안함이었다. 우리의 고향 부산에서만 느낄 수 있는 부산사람으로서만이 간직할 수 있었던 정서와 그토록 맡고 싶었던 바다 냄새와 하얀 포말과 함께 물결치는 짙고 푸르른 바다는 햇볕에 반짝여 더욱 눈부신 모습이었고 그 바다를 바라보는 순간, 나는 눈시울이 붉어지며 아찔했고 눈에선 눈물이 절로 흘러내렸다. 남편 또한 감격으로 목이 메여 오는지 한동안 말을 잇지 못했다. 말할 수 없는 말이 필요 없는 격정적인 순간이었다. 나는 마치 엄마 잃었던 아이가 구사일생 끝에 엄마를 찾아 품에 안겨있는 듯 마음이 따뜻하고 따뜻했다. 눈에 익었던 거리, 그 골목골목들이 내 눈앞에서 선연하게 드러나기 시작했다.

3월 29일의 계획은 부산 구서동을 통해 먼저 부산대학교 앞에 가서 식사부터 하는 일이었다. 19년 전, 내 첫 사업을 시작했던 장소인 부산대학교 앞은 내게 무척이나 중요한 곳이다. 우리는 부산에 도착해 제일 먼저 우리가 사업을 했었던 부산대학교 앞에 도착해 주차장에 주차를 하면서 구수한 부산 사투리를 들으며 우리는 이곳이 우리의 고향이 맞구나! 하고 절실히 느낄 수 있었고 15년 동안 우리의 뇌리에서 잊혀 지지 않았었던 음식을 먹으러 갔다. 부산대학교 앞에서 내 젊은 시절을 보냈다 해도 과언이 아닐 만큼 그곳은 많은 추억이 남아있는 곳이었기 때문에 15년이란 세월이 흘렀어도 그곳에서 먹었던 음식 맛을 잊을 수 없었다. 내가 먹는 것에는 별로 관심이 없는 편이지만 그래도 좋아하는 먹거리가 있는데 그 중 하나가 낙지전골이었고 낙지를 너무나 좋아하는 나는 남편과 함께도 먹었고 또 친구들과도, 사업을 하던 그 당시 주위의 업체 사장들과도 함께 먹기도 했었다. 그 추억의 음식인 낙지전골 맛은 도저히 잊을 수 없는 잊혀 지지 않는 맛이라 부산에 가게 된다면 꼭 그것을 먹고야 말겠다는 생각을 할 만큼 그 음식 맛은 내 기억 속에 저장되어 있었다. 하지만 한편으로 내가 그렇게도 즐겨먹었던 음식을 파는 식당이 아직도 그대로 남아있을까? 하는 우려도 있었다. 15년 이란 세월은 강산이 변하고도 남을 만큼의 시간이 흐른 뒤였다. 요즘같이 시시각각으로 변하는 시대에 말이다. 다행히 그곳은 변치 않고 그대로 남아있었다. 부산에 가기 전 미리 검색을 해봤더니 그곳이 아직도 그래도 있어서 얼마나 고마운 지!

  우리는 걸어서 식당으로 갔다. 부산대학교 정문 앞 사거리에서 주변의 골목 안으로 들어서면 식당이 나오는데 그 골목은 변하지 않고 아직도 그 모습 그대로였다. 허름한 식당 안으로 들어서면 마치 내가 그때로 돌아간 듯 그대로 인 것만 같았다. 예전에 먹었던 전골의 가격이 3천원으로 기억하는데 15년이나 지나버린 가격이 5천원이라니. 세월이 유수같이 흘렀지만 가격 상승의 폭은 별로 많지 않아 역시 대학교 앞이라 다르다는 생각이 들었다. 우리는 당면 사리를 하나 추가해서 낙지볶음 2인분을 주문했다. 넓은 전골냄비에 각종 채소와 함께 당면 사리와 낙지가 들어가고 매콤한 양념이 더해져 익어가는 냄새만 맡아도 군침이 절로 돌았다. 전골과 함께 내어오는 반찬들 또한 밥맛을 돋우는 역할을 하는데 시원한 맛의 동치

미 국물 맛과 부산의 반찬들에선 언제나 바다의 향이 난다. 어머니가 만들어 주시던 미역줄기 볶음을 나는 참 좋아했는데 어머니가 돌아가신 후로는 더 이상 먹을 수 없어서 어느 순간 잊고 있었던 반찬을 이곳에서 먹을 수 있는 것은 행운이란 생각이 들 정도로 반가운 것이었다. 콩잎 무침 하나만 있어도 밥을 맛있게 먹을 정도로 내가 참 좋아하는 반찬이 줄줄이 나오는 식당의 낙지전골이 맛있게 익어가는 냄새와 보글보글 끓는 소리가 더욱 우리의 식욕을 자극했다. 국물이 자작해질 때 쯤 모든 재료들이 다 익었기 때문에 하얀 쌀밥 위에 낙지를 국자로 덜어 올려서 비벼먹는 맛이란! 먹어 본 사람만이 아는 이 맛은 은근히 매우면서도 단 맛이 느껴지는 맛이라 먹으면 먹을수록 중독성이 강한 맛이다. 잘 익은 낙지는 입안에서 톡 터지면서 씹혀질 때 입안은 이루 말할 수 없이 행복함을 느끼게 한다. 고문이 따로 없을 만큼 잊혀 지지 않는 맛이다. 이 맛을 뇌가 기억하고 있는 한, 영원히 기억할 수밖에 것이라 남편과 나는 전골냄비의 밑바닥이 드러날 때까지 깨끗하게 비우며 말했다.

"맛있다. 진짜 맛있다. 바로 이 맛이야."

나도 아주 맛있게 먹었지만 남편이 어찌나 맛있게 잘 먹는지 바라보는 내가 배가 부를 정도였다. 사실, 난 많이 못 먹는 편이라 남편이 거의 다 먹었지만 아마 남겼다면 아깝다는 생각이 들 정도로 맛있는 낙지볶음을 먹고 우리는 만족감이 최대치로 상승해 기분 좋은 마음으로 우리가 토플 강의를 들었던 부산대학교 정문 앞에서 기념사진도 남겼다. 정말이지 얼마나 감회가 새롭게 느껴지는지 아직도 골목골목은 그대로인데 우리의 청춘은 이렇게 지나가버리고 나이만 먹어버렸다.

다시 돌아갈 수 없는 추억 속으로

이제 우리가 운영했었던 숍을 찾아가 보기로 했다. 남편이 대학원에 다닐 때 잠시 휴학하고 시댁에서 운영하던 호프 레스토랑을 맡아서 했던 음식점도 보게 되었다. 그 당시 2.3층을 세를 내어 운영했는데 무척이나 잘 될 때는 나도 가서 일을 도왔을 정도로 한창 바빴던 시기가 있었다. 하지만 잘 되는 때가 있다면 사양길로 접어드는 시기도 있기 마련이다. 나중에 알게 되었지만 이때부터 시댁의 자금 사정이 점점 나빠져 가던 때였던 것 같았다. 내가 19년 전에 운영했었던 내 숍이 있었던 장소도 보았는데 그 당시 호프 레스토랑이 사양길로 접어든 시기였으므로 시어머니는 레스토랑을 처분하고 나와 함께 패션숍을 동업할 것을 제안했다. 남편과 내가 결혼하기 전, 나는 시어머니의 제안에 흔쾌히 승낙했고 그 당시 우리가 운영했던 건물만이 덩그렇게 하나 있었던 자리에서 나는 사력을 다해 노력한 결과, 불과 석 달 만에 제 자리를 잡고 번창해나갔었다. 현재 부산대학교 전철역으로 이어지는 통로라 이 길목엔 숍들이 빼곡히 들어서 있지만 그때 당시만 해도 내가 운영했던 신축 상가건물만 있었고 모두 단독주택들만 가득했었던 곳이었다. 낮에는 개미 한 마리 안 보일 정도로 인적이 없었고 밤에는 우두커니 내 숍만 불빛을 밝히고 있었기 때문에 주위의 어두움을 밝혀주는 등대와 같은 역할을 담당했었던 내 숍에서 나는 밥을 먹을 시간이 없을 정도로 그렇게 바쁘게 일하다보니 나중에는 패션 잡지사에서 찾아와 인터뷰까지 해 갈 정도로 유명세를 타기도 했다. 나만의 독특하고 희소가치가 있는 숍을 만들기 위해 지향했던 덕분에 내 숍에 벤치마킹하기 위해 서울에서도 원정을 왔고 전국각지에서도 내 숍을 구경하기 위해 찾아왔을 정도니 얼마만큼 내가 열정을 가지고 노력했었는지 짐작할 수 있을 것이다.

이곳에서의 물적 토대를 이루기까지는 6개월도 채 걸리지 않을 정도로 그렇게 내 숍은 엄청난 매출을 올리고 있었다. 주위의 모든 숍들이 내 숍의 인테리어를 보기위해 멀리서도 찾아왔을 정도로 내 숍은 나의 자부심이 되어줬던 것은 물론 자랑거리가 되어줬다. 1994년 9월 패션숍을 오픈하고 나는 11월 남편과 결혼을 했고 신혼집도 숍과 가까운 곳에 마련해 걸어서 집과 숍을 오가며 나는 정말 열정적으로 삶을 살았다. 오직 숍의 성공만이 그때 나의 최대의 관심사이자 내 삶의 목표였었던 때! 숍을 닫을 시간이 되어도 나는 닫을 수가 없었다. 늦게까지 내 숍에 들러주는 고객들로 인해서 늦은 시간까지 일하다보니 일을 마치고 집으로 걸어서 돌아가는 시간은 지칠 대로 지친 몸이었지만 기분이 날아갈 듯이 매일매일 즐거운 시기였었다.

그렇게 몸이 힘들어도 내가 노력한 것만큼 더 많은 대가를 내게 안겨주니 당연히 기쁠 수밖에 없었던 것이다. 숍에서 가까운 거리에 있었던 신혼집이 있었던 동네는 그때는 지금과 같이 상가로 빼곡하지 않았고 주택들만 가득했었는데 그 주택들이 상가들로 변해 그 자리를 메우고 있다니 얼마나 많은 시간이 흘렀는지 새삼 느끼게 되었다. 아직도 내 신혼집은 여전히 그대로 남아있었는데 우리는 그때 참 많이 다투었다. 숍이 너무 바빠서 내 몸이 힘들다보니 조금이라도 잠을 더 자고 싶은데 그럴 수도 없었던 시절, 그 후 내게 너무나 많은 일들이 일어났고 내 사업도 결국엔 내 의지와는 상관없이 실패로 끝나버리고 말았다.

그때 난 모든 것을 잃고 말았다. 이제는 나와 내 동생들과 내 남편의 기억 속에서만 존재하는 내 숍, 실패로 끝났지만 그것은 내가 죽을 때까지 잊을 수 없는 소중한 경험일 뿐 아니라 그것을 거울삼아 다시 일어서기 위해 끊임없이 노력했다는 것이 중요하다는 것이다. 과거의 나는 현재의 내가 아니듯 현재와 앞으로 다가올 미래가 내겐 더 의미 있는 것일 뿐. 하지만 그때의 열정적인 마음은 아직도 변치 않고 간직하고 있다는 것. 추억을 거울삼아 나는 앞으로 더 전진할 것이다. 그것이 나와 나를 아는 모든 이들을 위한 길이므로. 추억은 남는다.

집에대한 단상

그 추억을 담담하게 무심한 듯 받아들이며 우리는 다음 추억의 여행길로 오르기 위해 이동했다. 내 숍이 있었던 부산대학교 앞에서의 추억에 이어 남편과 나는 내가 예전에 살았던 곳으로 가기로 했다. 먼저 가기 편한 코스로 부산 개금동에 위치했던 내가 결혼하기 전까지 살았던 집으로 향했다. 그곳으로 가기 위해선 개금동 골목시장을 항상 거쳐 갔기 때문에 그곳에만 가면 금방 쉽게 찾을 줄 알았다. 그러나 15년이란 세월이 흐르고 보니 정작 그곳에 도착해서 한참을 헤맬 수밖에 없었다. 개금동 골목시장이 더 확장되고 많이 정비되는 바람에 대체 어디가 어딘지 어느 쪽의 통로를 통해 내가 살았던 집으로 들어가야 할지 남편이 아니었다면 아마 찾기 힘들었을 것이다. 드디어 찾게 된 우리 집 앞에 도착해서 나는 얼마나 실망

해버렸는지 모른다. 내가 좋아하는 그 아름답던 정원은 사라져버리고 기와도 올리고 그림도 그리고 산만해져버린 집 앞에서 나는 그만 한참을 탄식할 수밖에 없었다. 이 집에서 봄이 오는 길목에 제일 먼저 피어나는 하얀 목련꽃이 얼마나 아름다운 꽃인지 알게 되었고 사시사철 푸르른 나무들을 바라보며 아침이면 들려오는 새소리를 들으며 그때 구독했던 신문을 가지러 정원으로 나가곤 했었다. 또 우리가 결혼하기 전, 대학원생이던 남편이 서울에서 내게 보내주던 편지와 서적들을 우편물로 받기도 하며 얼마나 기뻐했었는지 모른다. 이곳에서 아버지가 간암말기 선고를 받고 긴 투병생활을 했었고 또 남편과 내가 결혼을 하고서 친정집을 떠나올 때 내 어머니는 눈물을 흘리셨다. 내게 좋았던 기억과 나빴던 기억 모두 고스란히 남아있던 부산 개금동의 정원이 있었던 우리의 집. 내가 결혼을 한 후, 부모님은 이 넓은 집이 더 이상 필요치 않아 범천동에 위치한 아파트로 이사를 가셨다는 소식을 듣게 되었고 이곳에 와서 우리 집이 왜 절로 변해버렸는지 그제야 스님이 우리 집을 매입했다는 얘길 들었던 기억이 어렴풋이 났다. 지금은 우리 집이 아니니 더 이상 정원이 사라져 버린 것에 아쉬워해 봐야 아무 소용이 없다는 걸 알지만 그래도 내 기억 속엔 아직도 그 정원에 피었던 아름다운 꽃들을 꺾어다 화병에 담아 내 책상 위에 또 거실의 테이블 위에 놓아뒀던 기억이 또렷이 남아있다.

이제 우리는 내가 유년시절에 살았던 집과 돌아가신 아버지와의 추억이 남아있던 아파트와 우리가 부산을 떠나오기 전 마지막으로 살았던 아파트를 보기위해 그곳으로 이동했다. 내 유년시절에 살았던 집을 찾아가기 위해선 내가 다녔던 초등학교를 찾아가야 한다. 그곳을 기점으로 해 초등학교 아래에 집들이 옹기종기 모여 있었기 때문이다. 드디어 내가 다녔던 초등학교에 도착했다. 이 학교는 산 바로 아래에 위치해 있는 덕분에 어렸던 내가 수십 개의 계단을 오르내리며 학교를 다녔었기 때문에 무척이나 힘들었던 기억이 났다. 학교가 워낙 높은 곳에 위치해 있다 보니 위험하기도 했지만 그와 관련된 이야기 또한 많았다. 지금의 정문이 예전에는 후문이었고 아이들은 점심때가 되면 모두 후문을 통해 학교 아래에 있는 집으로 가서 점심을 먹고 오기고 했고 또 후문 앞에 있는 구멍가게에서 불량간식을 사먹기도 했었다. 매일 엄청난 개수의 계단을 오르내리는 일, 체구가 작았던 내가 학교에 매일 가는 일이 쉽지만은 않았었다. 학교에 가기 위해서는 우리 집에서부터 골목골목을 지나 수많은 계단을 오르내리며 마치 미로게임을 하듯 그렇게 학교에 다녔었다. 그러니 내가 꽃이 가득 피어있던 배 밭을 지나가는 길을 선호할 수밖에 없었는데 힘들고 삭막한 길보다는 배 밭은 폭신폭신하고 배꽃 향기 뿐 아니라 너무나 예쁘게 피어있던 꽃들을 볼 수 있었던 이유 때문이다.

남편과 나는 계단을 따라 올라가 운동장으로 가보았다. 그때도 학교 운동장은 엄청나게 넓어 보였지만 지금도 여전히 넓었다. 학생 수가 많다 보니 한 반에 거의 70여 명의 아이들이 콩나물시루 같은 교실에서 재잘거리던 때였고 반의 수도 교실도 많았으니 운동장은 더 넓어야 했을 것이다. 지금은 운동장에 주차장도 만들어둬서 조금 줄어들긴 했지만 거의 변함없는 학교의 모습에 그때 기억이 새록새록 절로 떠올랐다. 학교가 산 바로 아래에 있다 보니 쉬는 시간만 되면 남자아이들은 산에 올라가 나무를 타고 놀고 뱀을 잡아오기도 했었다. 나는 늘 조용히 지내다 보니 고학년이 되어서야 산에 가보게 되었는데 그때 보았던 산딸기가 아직도 잊히지 않는다. 아이들이 산딸기라고 따서 먹어보라고 내게 줬었는데 그 맛이 어찌나 달고 좋던지! 이런저런 얘기를 나누며 우리는 올라갔던 계단을 내려와 내가 어릴 적 살았던 집을 찾아보기로 했다.

학교는 거의 변한 것이 없지만 산 아래엔 체육공원도 생겨났고 공원 앞 도로를 따라 산복도로가 이어지는데 버스를 타고 꼬불꼬불한 도로를 따라 곡예 하듯 산복도로를 지나던 기억이 났다. 산복도로가 워낙 고지대이다 보니 이곳에 서면 아버지가 돌아가시기 전까지 사셨던 아파트가 보인다. 그 아파트를 가기 전에 유년시절에 살았던 집을 찾아보았으나 아무리 찾아도 보이질 않았다. 지도를 찾아보니 재개발지역으로 표기되어 있었다. 그 집들을 다 허물고 도로를 만들었던 것일까? 내가 초등학교에 입학하기 전에 살았던 집 뿐 아니라 중. 고등학교에 다닐 때 살았던 집들도 하나도 보이지 않았던 것은 다 그 이유였던 것이다. 그래도 내 기억 속의 내가 살았던 집들은 하나하나 다 기억하고 있다. 어느 집에서 어떤 추억들이 있었는지 하나하나 상세하게 기억하고 있는 나를 어머니는 무척이나 신기해 하셨으니까.

기억력이 무척 좋은 내가 나도 신기할 따름이지만 그래도 세월이 그렇게 많이 흘렀고 도시정비를 위해선 어쩔 수 없는 것이니 괜찮다고 생각했다. 내 기억 속에 가장 많은 추억으로 남아있는 아버지가 돌아가셨던 아파트는 아직도 건재하고 있으니 다행이라 여기며 그것으로 위로를 삼아야겠지! 그 아파트에서 내 아버지는 돌아가시기 전까지 딸이 찾아오기만을 기다리며 문 앞에 나를 위해 메모까지 남겨주셨었지. 아버지와의 추억이 있는 문 앞에 가기위해 아파트로 들어갔으나 출입문은 비밀번호를 눌러야만 들어갈 수 있는 문으로 바뀌어져 있는 바람에 안타깝게도 들어가지 못하고 말았다. 하지만 괜찮았다. 이미 나는 부산에 오기 전 이른 아침에 아버지를 꿈속에서 만났고 아파트에 도착했을 때는 내 마음은 이미 평온해진 상태였으므로. 어느 위치에 메모지가 붙어 있었는지도 나는 알고 있었고 아버지가 나를 진심으로 사랑하셨다는 것을 잘 알고 있었으며 문 앞에 가지 못했다고 해서 슬퍼할 필요가 없으므로! 이제 우리가 부산을 떠나오기 전 마지막으로 살았던 아파트에 가보았다. 아버지가 돌아가신 후, 어머니가 이전 아파트를 매매하고 이사를 오셔서 살고 계셨는데 내가 살던 집이 경매로 넘어가고 갈 곳을 잃어버린 내가 아기를 임신 한 후, 어머니가 살고 있었던 아파트로 들어가 헤어졌던 남편을 다시 만나 출산을 하고 아기가 4개월이 되었을 때 15년 전, 이곳을 떠나 우리 네 식구는 서울로 이사를 갔었지. 그때 다짐했었다. 내가 성공하기 전까지 결코 돌아가지 않겠다고. 나를 고통과 절망의 도가니로 빠지게 만들어버린 사람들이 살고 있는 부산에는 다시는 갈 일이 없을 것이라고. 하지만 나는 그때의 기억을 모두 걷어내고 밝고 환한 모습으로 이렇게 다시 되돌아왔다.

옛 추억을 회상하며 기쁨으로 들뜨는 시간

현재의 내가 있기까지는 과거의 내가 있었기 때문에 가능한 것이다. 그때 그런 뼈아픈 경험이 없었더라면 나는 여전히 오만방자하고 자기 잘난 맛으로 살아가는 사람일 것이다. 역지사지 할 줄 아는 타인의 아픔과 고통을 공감하고 이해하며 도움이 될 수 있는 사람으로 만들어줬던 그 아픈 기억과 경험이 나를 악착같이 살게 했고 겸손하게 만들어 주었다. 사랑하는 사람을 위해서는 자존심도 버릴 줄 아는 사람으로 변해진 내 모습을 보며 나는 놀란다. 이제 다시는 사랑하는 사람과 헤어지지 않을 것이다. 죽음이 우리를 갈라놓기 전까지는. 내 남편은 나를 위해 자존심을 버리고 모든 것을 희생하고 나를 끊임없이 아껴주며 사랑하니까.

다음 날 아침, 남편과 나는 우리가 26년 전에 즐겨 다녔던 남포동, 광복동, 국제시장에 가보기로 하고 공영주차장에 주차를 하고서 미문화원 쪽으로 걸어가던 중, 마침 둘째 동생의 전화를 받게 되었는데 동생도 남포동이 무척 그립다고 했다. 부산 사람들에게 남포동이란 곳은 그만큼 추억의 장소가 될 수 있는 곳이다. 서점, 극장, 패션가, 맛 집 등 복합적인 문화공간이 공존하는 곳이기 때문에 누군가와 데이트를 하거나 만날 일이 있으면 꼭 이곳에서 약속을 정하곤 했으므로.

우리가 즐겨 다녔던 서점을 찾았더니 건물은 그대로인데 상호가 변경되었고 예전의 미문화원 자리가 근대역사박물관으로 바뀌어져 있었다. 우리는 남포동 거리를 걷다가 부산에서만 볼 수 있는 은행 간판을 보면서 15년 만에 보게 되는 것에 정말 반갑게 느껴졌다. 남편과 내가 대학생일 때 자주 갔었던 순두부 식당 간판을 보고서 너무나 반가웠다. 아직도 이 자리를 지키고 그대로 있다니! 우리는 이곳에서 2천5백 원짜리 순두부를 얼마나 맛있게 먹었는지 모른다. 한창이나 배고팠던 혈기왕성했던 그 시절. 우리는 식당에서 밥을 먹고는 또 간식을 사먹곤 했었다. 그때는 아무리 많이 먹어도 돌아서면 배가 고파오던 때였으니. 지금은 그때처럼 그렇게 먹으라고 공짜로 음식을 준다고 해도 못 먹는다.

또 이곳 주위엔 구제의류를 산더미처럼 쌓아놓고 파는 옷가게들이 그때도 참 많았는데 지금도 그 가게들은 자리를 지키고 있었다. 내가 고등학생이 되던 해, 그 당시 처음으로 부산에서는 교복자율화가 시행되었는데 그때 여학생들은 한창이나 멋을 부리던 시기였던 때였다. 나를 비롯해 친구들은 몇 천원을 들고서 이곳에 찾아와 마음에 드는 옷들을 골라 사 입곤 했었다. 그때 이곳의 옷 한 장 가격이 오백 원이었는데 지금 가격이 천원이라 니 도저히 믿겨지지 않는 가격이다. 이곳엔 일명 목욕탕 플라스틱 의자들이 바닥에 놓여 져 있는데 그 의자에 앉아 사람들은 자신에게 어울리는 옷들을 고르고 고른다. 아무리 골라도 단돈 만원이면 패션이 해결되는 남포동의 구제시장에서 나는 그때의 추억을 떠올리며 매의 눈으로 마음에 드는 플라워 프린팅 롱스커트 하나를 구입 했다. 트렌드에 맞는 것을 고르는 안목, 자신에게 어울리는 것을 고르는 안목, 참 감사한다. 이건 다 내 어머니를 닮았기 때문이란 것. 나는 아무리 구겨 넣어도 구김이 전혀 가지 않는 가볍고 시원하고 찰랑찰랑한 폴리소재를 선호하는데 플라워 프린팅의 롱스커트를 단돈 천원에 구입하게 되었으니 정말 기분이 좋았다. 구제시장을 돌아다니다 보면 가격표도 떼지 않은 내셔널 브랜드의 값비싼 옷들을 쉽게 고를 수도 있고 보는 안목만 있다면 명품 브랜드의 의상도 구입할 수 있다. 그것도 단돈 천원에 말이다. 내가 구입했던 스커트는 쇼핑몰에서 삼사만원에 인기리에 판매되고 있는 것이고 나는 한창 잘나가던 20대를 제외하곤 패션숍을 운영했던 때조차도 값비싼 옷을 거의 입지 않았다. 청바지도 오천 원, 티셔츠는 천 원의 가격으로 구입할 수 있는 옷들을 입었다. 왜냐하면 원가나 유통마진 등을 잘 알고 있으면 함부로 비싼 옷을 못 사 입게 되기에. 남편은 내가 옷을 골라 몸에 대어보고 있으면 사진을 찍어준다. 그러면 나는 그 사진을 확인하고 내게 어울리는지 아닌지를 판단해 구입한다.

　그러니 우리는 천생연분일 수밖에 없다. 그렇게 재밌는 구제쇼핑을 마친 후, 거리를 배회하듯 걸어가는데 내 이름이 간판에 있는 옷 수선 가게를 발견했다. 이 옷 수선 가게는 내가 대학생일 때부터 보아왔던 가게다. 이 가게가 아직도 건재하고 있다니. 이 가게를 발견하고 나는 얼마나 반갑게 느껴졌는지 모른다. 그 당시 내 친구들은 이 가게를 보고 내 친구가 남포동에 패션숍을 차렸나 보다. 하고 이곳을 지나칠 때마다 깔깔거리며 웃었던 추억을 떠올리게 하는 가게였으니 나는 친구들이 내 부모님처럼 내 이름을 불러줘서 참 좋았었고 남편도 아직까지도 내 이름을 그렇게 불러줘서 나는 너무나 좋다. 우리는 남포동 거리를 돌아다니며 반가운 용두 탑도 보았고 우리가 살았을 땐 보지 못했던 새로운 가게들도 보며 우리의 목적지인 30여 년의 역사와 전통을 자랑하는 빵집인 제과점에 가는데 아무리 찾아도 보이지 않아서 한참이나 헤맸더니 장소를 이전해 도로변으로 이전해 있었다. 이 제과점은 새로 생긴 쇼핑몰의 1층에 당당히 자리를 잡고 있는 것에 정말 다행이란 생각이 들었다. 지난 15년 동안 문득문득 생각났었던 제과점엔 예전에 먹었던 샐러드 빵이 그동안 너무나 먹고 싶었었는데 그만큼 이곳은 내 추억의 장소라고 해도 과언이 아니었다. 친구들과 만날 때도 이곳에서 만났고 그 당시 내 연인이었던 남편이 서울에 있던 대학원에서 부산에 내려와 며칠 동안 만나고 다시 서울로 돌아갈 때 너무나 헤어지기 싫었지만 남편을 부산역에서 배웅을 하고 이곳에 와서 내가 좋아하는 밤 식빵을 사서 집으로 돌아가면서 버스 안에서 울었던 기억, 너무나 많은 추억들과 함께 했었던 제과점에 꼭 가보고 싶었고 내가 부산을 떠나있던 동안 없어진 줄 알고 한참이나 헤매며 마음을 졸였는데 다행이 찾게 되어 얼마나 반가운지 몰랐다.

남편은 추억의 장소는 다 사진으로 기념사진을 남겨둬야 한다며 카메라를 꺼냈다. 제과점에서 인증사진 남기기는 처음이었다. 이 제과점에서만 볼 수 있는 케이크가 가득한데 보는 것만으로도 기분이 달콤해졌다. 그동안 내가 너무나 그리워했었던 샐러드 빵은 내가 대학교 1학년 때 이 빵을 사먹고는 얼마나 맛있었는지 그 이후에도 종종 사먹곤 했었는데 그 당시 가격이 천오백 원으로 기억한다. 29년이 흘러버린 가격이 삼천칠백 원, 내가 이곳에 와 제일 처음으로 찾았던 빵이 샐러드 빵인데 이 빵을 보고 얼마나 감회가 새로운 지! 쟁반에 제일 먼저 담고 또 내가 이곳에서 좋아하는 밤 식빵도 찾아보았다. 내가 정말 좋아했던 밤 식빵엔 내가 좋아하는 밤이 얼마나 많이 들어있었는지 모른다. 그 밤 맛이 얼마나 달콤했는지! 기분이 우울할 때나 달콤한 것이 먹고 싶을 때 먹으면 정말 최고의 맛이다. 그때 가격이 삼천 원인데 배로 올랐고 직원에게 언제 이 가격으로 올랐는지 물었더니 2014년에 오천오백 원이었다가 오백 원을 인상했다고 했다. 식빵 가격이 육천 원이면 좀 비싸다고 느낄 수 있겠지만 이곳의 모든 빵은 천연 발효종과 저온숙성 발효로 건강한 재료를 가지고 정성껏 만들어 오븐에서 갓 구워낸 달콤한 신선함을 제대로 느낄 수 있고 지난 1983년 창립 이래로 30년이 넘는 세월동안 정직과 신뢰를 바탕으로 고품질 제품과 고객의 편안함을 추구하는 장인 베이커리전문점에서 만들기 때문에 그 가격이 결코 비싸다고만 할 수 없을 것이다.

사실 내가 부산에 살면서 그 당시 빵을 사먹으면서 이 제과점의 빵이 로하스 적이라 전혀 생각하지 못했고 그냥 갓 구워낸 너무나 맛있는 빵을 먹을 수 있어서 남포동에 가기만 당연히 "이건 꼭 사서 먹어야 해." 하면서 샀던 것이다. 그때 내가 보지 못했던 빵도 보이고 남편이 좋아하는 고로케도 사고 내가 좋아하는 빵을 사서 이곳의 레스토랑을 찾았으나 보이지 않는 것이었다. 그 당시엔 1층 제과점에서 빵을 사서 2층으로 올라가 차를 주문해 같이 먹을 수 있는 구조였었는데 직원에게 물었더니 4층에 레스토랑이 있다고 하는 것이다. 남편은 내게 빵을 들고 인증사진을 남기라고 했다. 사실 난 빵을 엄청 좋아하지는 않는다. 밀가루 음식을 좋아하지 않기에 모든 빵을 좋아하진 않지만 내가 좋아하는 빵 종류가 몇 개 된다는 것뿐이고 게다가 내가 좋아하는 빵은 다 내 추억과 관련되어 있기 때문에 좋아하는 것일 뿐, 물론 이곳 빵은 내 추억들과 뗄 수 없는 빵이라 예외로 둔다.

내가 좋아하는 빵은 샐러드 빵과 팥이 들어있는 빵이나 밤 식빵 이 정도다. 부산을 떠나온 지 15년 만의 귀향에서 드디어 샐러드 빵을 먹게 되었고 빵을 먹기 위해 커피와 팥빙수도 주문했다. 그러면 접시와 포크와 나이프도 가져다주는데 샐러드 빵 안에는 오이, 당근 등 신선한 채소들이 잘 익은 감자와 함께 잘 버무려져 빵과 함께 씹히는 맛이 신선하면서 참 맛이 좋다.

우리는 우리의 추억을 얘기하며 아주 맛있게 추억의 빵을 먹으면서 행복한 시간을 보냈는데 그게 꿈처럼 느껴졌다. 남편과 함께 할 수 있었다는 것, 추억 속의 빵을 함께 나눠 먹었다는 것, 그 모든 걸 함께 할 수 있어서 더 의미 있는 시간이었다. 우리는 18년 전에 살았던 해운대의 추억도 함께 떠올릴 겸, 늦은 저녁을 먹으러 48년의 전통을 자랑하는 원조 국밥집으로 갔다. 내 사업을 그만두고 잠시 일했던 백화점은 이름이 변경되었지만 그 건물은 그대로라 반가웠다. 그 건물 옆엔 버스 종점이 있는데 그 맞은편에 원조 국밥집이 있다. 일단 우리는 주차를 하고 그동안 먹어보고 싶었던 국밥집으로 들어갔다. 이 식당은 TV에 굳이 방영되지 않아도 예전부터 유명

했었던 곳이다. 나는 20~30대엔 이런 음식을 즐기지 않았었다. 한창 멋을 내고 다녔던 내가 시장 통에 위치한 시끄럽고 분위기도 전혀 없는 이런 곳에 가고 싶지도 않았기 때문이고 이런 음식이 아니더라도 인테리어가 멋진 곳에서 맛좋은 음식들을 즐길 수 있는 곳들이 무척이나 많았으므로. 하지만 점점 나이가 드니 국물 없이는 밥을 못 먹겠고 게다가 그 국물 맛이 뜨겁고 깊은 맛이 나야 제대로 먹을 수 있는데 보통의 국물은 입맛에 맞지도 않은 게 문제다. 그것을 충족시켜 줄 수 있는 진하게 우려내어 깊은 국물 맛을 찾다보니 예전에 해운대에 살았을 때 이곳을 자주 다니며 보아왔던 원조 국밥집이 저절로 떠올랐던 것이다.

소고기 국밥 가격은 그때나 지금이나 참 저렴하다. 이 식당의 바닥과 실내 분위기는 얼마나 오래된 식당인지 짐작이 가고도 남을 만큼 오래되었지만 그때나 지금이나 변함이 없는 이곳이 나는 눈물 나도록 반갑고 정이 느껴졌다. 우리는 소고기 국밥을 주문했다. 스텐 쟁반에 올려 져 있는 야쿠르트도 변함없이 정겹고 오랜만이었다. 남편은 테이블 위에 미리 준비되어 있는 밑반찬들을 빈 그릇에 소복이 담아낸다. 먹을 만큼 담아서 마음껏 먹을 수 있는 내 고향 부산의 넉넉한 인심도 변함이 없다. 드디어 소고기 국밥이 나왔다.

아, 냄새가 너무나 맛있다. 국밥이 얼마나 뜨겁고 시원한지 모른다. 굵고 두툼한 소고기 덩어리의 양이 엄청나다. 소고기는 푹 고아져서 입안에서 많이 씹지 않고도 그냥 넘길 수 있을 만큼 너무나 야들야들하게 부드럽고 국물 맛은 얼마나 뜨겁고 환상적으로 맛이 좋은지. 먹으면서 우리는 최고다. 라는 말이 절로 나왔다. 콩나물, 파 등 채소들과 푹 고아진 소고기와 하얀 밥알들과의 하모니, 이 조화의 바로 이 맛이 우리의 입맛을 사로잡았다.

남편과 나는 둘이서 최고라는 말을 연발하며 반찬도 두 번이나 리필해서 먹으며 행복해 했다. 만약 집이 부산에 있었더라면 몇 인분을 더 사와서 집에서 먹고 싶을 정도로 행복해지는 맛이다. 국밥을 다 먹고 나오면서 우리는 할머니께 엄지를 척 올리며 최고라는 말을 했고 그에 질 세라 너무나 고마워하며 환하고 정겹게 웃어주셨던 국밥집의 할머니가 무척이나 고마웠다. 15년이 지나서 갔는데도 맛있는 국밥을 먹을 수 있게 그 자리를 계속해서 지켜주셔서! 소고기 국밥을 맛있게 배부르고 든든하게 먹은 우린 해운대 달맞이 고개의 해마루를 따라 송정 바닷가로 향했다.

우리에게 고향이란

송정은 해운대나 광안리보다 우리가 더 좋아하는 바다가 있는 곳이다. 왜냐하면 그곳들에 비해 번잡하지 않고 파도소리를 들으며 바다를 차분하게 바라볼 수 있기 때문이다. 주차를 하고 우리는 천천히 옛 추억들을 떠올리며 모래사장을 밟으며 바닷가를 거닌다. 모래의 느낌은 마치 맨발로 걷는 것처럼 신발을 신고 걷는데도 불구하고 발끝에 와 닿는 느낌이 얼마나 보들보들한지 모른다. 우리가 만났었던 26년 전, 우리는 송정 행 버스를 타고 이곳으로 왔었지. 서로를 조금씩 알아가던 그 당시, 좀 더 깊은 대화를 나누기 위한 장소가 필요했으므로 우리는 이곳에서 사회과학에 관한 대화를 주로 나누며 서로의 지적 호기심에 대해 공유하며 서로의 세계관을 확인하기도 했었지. 그때 남편은 무척이나 지적인 열정이 충만한 사람이었고 그 점이 마음에 들어 나는 남편에게 조금씩 내 마음의 문을 열기 시작했었던 젊은 날. 20대 초반에 만나 이제 50대 중반인 우리. 함께 한 세월이 무색하지 않았던 것은 그만큼의 공유할 수 있는 추억이 있기 때문이리라. 그 추억의 장소에서 우리는 너무나 즐겁고 행복한 밤이 될 수 있었다. 늦은 밤 호텔로 돌아온 우린 15년 만의 귀향에 기분이 최고조가 되어 맥주 한 잔을 했더니 아침이 되자 해장국이 생각났다. 사실 해장은 핑계이고 내가 부산에 살 때부터 대구탕은 유명한 음식이었기 때문에 한 번 그 맛을 본 이상은 절대 잊을 수 없는 맛이라 부산에 오면 꼭 먹으려고 했는데 다행히 호텔 근처에 유명한 대구탕 집이 있어서 아침에 당연히 먹으러 갈 수 밖에 없었던 것이다. 이곳은 이른 아침부터 사람들로 미어터져 줄을 서서 기다려야 만 식사를 할 수 있는 곳이라 그 시간을 피해 갔더니 사람이 없어서 느긋한 식사를 할 수 있는 분위기가 되었다. 나는 늘 식사를 하는 시간이 오래 걸려 사람들이 많아 빨리 먹어야 하는 식당에는 가지 않는다. 아무리 맛집이라 소문난 곳이라 하더라도. 그래도 오랜만에 고향에 왔으니 먹고 싶었던 음식은 꼭 먹으려고 애를 썼다.

계산대에서 먼저 계산을 하고 자리에 앉으면 반찬이 세팅되는데 반찬들은 다 내가 좋아하는 건강한 식단들이다. 특히 김은 바다가 있는 도시답게 조미김이 아니라 그냥 살짝 구워만 낸 김을 간장을 올려 싸서 먹는 맛인데 어머니가 해주시던 반찬들에서 맛볼 수 있는 그대로의 맛이라 너무나 반가웠다. 나물이나 오이무침도 역시 마찬가지다. 대구탕의 맛은 가히 속 시원함 그 자체다. 튼튼한 대구가 두 토막이나 들어있어 정말 배부르게 잘 먹었다. 대구 살은 얼마나 포슬포슬한지 아주 입안에서 살살 녹으며 착착 감기는 맛이라 지난밤에 먹었던 소고기국밥도 최고였지만 이 맛도 역시 최고하는 말이 절로 나오는 맛이다. 아! 내 고향 부산에는 왜 이리 내 입맛에 딱 맞는 음식이 많은지 모르겠다. 지난 15년 동안 타지에서 입에 잘 맞지도 않은 음식들을 사먹으면서 항상 무엇인가 부족한 느낌을 늘 가졌었는데 부산에서 맛보는 음식들은 아주 내 입맛에 딱 맞아떨어지는 100퍼센트를 충족시켜주는 완벽한 맛이었다. 하루 한 끼 식사만 하는 내가 부산에 와서는 하루 두 끼를 먹었다면 더 이상 어떤 다른 말이 필요할까? 이 식당이 정말 마음에 들었던 것은 속이 시원한 대구탕 뿐 아니라 내 어머니의 음식 맛을 떠올리게 하는 소박하면서도 정갈한 반찬과 아울러 반찬이 떨어질세라 바로 바로 필요한 것을 가져다주는 서비스. 우리가 더 먹고 싶어 하는 반찬을 정확하게 알고서 말하기도 전에 미리 듬뿍 가져다주는 이른바 마음속을 꿰뚫고 있는 듯 마음에 와 닿는 진정한 서비스다. 이러니 잘 될 수밖에.

정말로 맛있는 식사를 하고 남편과 나는 행복한 마음이 되어 식당을 나와 잠시 달맞이 고개를 산책했다. 아무도 다니지 않는 아침의 달맞이 고개는 고즈넉하기 그지없다. 나의 낭만적인 고향, 부산의 달맞이 고개의 봄은 한창이었고 내가 살고 있는 세종시의 벚꽃은 이때 꽃망울이 겨우 맺히고 있었던 시기였는데 부산에서 바라보는 벚꽃의 느낌은 우리의 지난날의 생기 넘치던 싱싱함 그 자체였다. 만개한 벚꽃을 바라보며 나는 얼마나 가슴 떨리고 황홀했는지 모른다. 그렇게 내 고향 부산의 달맞이 고개는 진정 아름다운 봄날이었다. 우리는 이제 부산여행에서 빠트릴 수 없는 장소인 미술관에 가는 것도 잊지 않았다. 나의 평소 취미가 미술관이나 박물관을 관람하는 것이 되도록 만들어준 계기가 바로 21년 전, 부산대학교 앞에서 내 숍을 운영하던 때, 그곳에 있었던 화랑을 운영했었던 관장 덕분이었다. 그녀와 나는 처음엔 내 숍의 고객으로 만났다가 나중에 친분이 쌓이게 되므로 그녀가 대표로 있었던 화랑에 드나들게 되면서 자연스레 작품을 관람하는 것으로부터 시작되었던 것이다. 예전에만 해도 화랑은 일반인들이 쉽게 드나드는 곳이 아니었을 만큼 무척이나 낯설고 생소하기까지 했던 것은 미술관이나 화랑이 많지 않아 일반인들의 출입이 적을 수밖에 없었고 또 그만큼 일반화되지 않았던 이유가 가장 컸었다. 하지만 나는 사람을 무척이나 좋아하고 문화를 사랑하고 무엇보다 감성적인 사람이었기에 미술관에 가서 작품을 감상하는 일이 내게 감흥을 주고 내가 하는 일에도 영감을 주는 것을 느꼈기 때문에 그때부터 지금까지 미술관이나 박물관에 가는 것을 놓치지 않았던 것이다.

완벽한 치유

이번 부산여행에서도 마음에 드는 미술관에 가기 위해 미리 사전에 알아보았더니 사진미술관이 내 마음을 끌어 여행일정에 넣게 된 것이다. 부산의 미술관이나 화랑 대부분은 거의 해운대에 위치해 있다 해도 과언이 아닐 만큼 해운대엔 미술관이 많으나 내 마음을 끌어당기는 미술관으로서는 사진미술관이 적합한 곳이라 찾아가게 되었는데 기존의 곳들과는 다른 느낌 즉, 굉장히 신선함을 주는 곳이라 나를 끌어당겼던 것이다. 내가 살았던 부산이란 도시는 굉장히 낭만적인 곳이 틀림없는데 이곳에서 관람할 수 있는 작품의 주제가 〈침묵과 낭만〉 이라니! 이 부분에서부터 이미 내 마음은 설레기 시작했다. 안으로 들어가니 세계 사진사 연표가 보인다. 평소에 내가 알고 있는 사진작가들도 눈에 띄고 한 눈에 파악할 수 있게 잘 정리되어 있어 무척이나 보는 재미가 좋다. 우리는 1층에서 관람을 끝내고 커피머신이 보여 커피 한 잔을 마시고 싶다는 생각이 들었는데 마침, 직원이 다가와 친절하게도 커피머신에서 캡슐커피 두 잔을 내려준다. 우리가 커피를 마시려고 했던 것은 이곳을 들르기 전, 아침식사를 하고 왔기 때문에 커피를 무척이나 마시고 싶었기 때문인데 커피 값을 기부금으로 낼 수 있기 때문에 그 좋은 취지에 동참하고 싶었기도 했다. 커피를 마시며 우리는 이런저런 얘기를 두런두런 나눈다. 테이블 위에 놓여있는 내가 좋아하는 히아신스의 향기도 작렬하고 우리가 커피를 마시고 있는 테이블에 앉아서 바로 앞을 바라보면 마치 정원처럼 멋진 공간이 보이는데 그곳엔 너무나도 예쁜 동백 꽃송이들이 바닥에 떨어져 있었다. 그 모습이 어쩌나 아름답던지. 동백꽃은 따뜻한 지방에서만 볼 수 있는 꽃이기도 하지만 우리가 어릴 적 고향인 부산에서 자주 보았던 꽃이라 더욱 어여뻐 보였다.

지나칠 정도로 낭만적인 우리는 또 우리의 즐거운 한때를 사진으로 기록을 남긴다. 우리가 60대가 되어서 사진을 보게 된다면 참 그때는 엄청 젊었네! 말하게 될 것이다. 지금 현재 나의 21년 전 사진을 보면 정말 그야말로 생기발랄함 그 자체로 보이니까. 그때는 화장을 하지 않아도 무조건 얼굴에서 빛이 나던 때였으니. 얼마나 그리워지는 시절인지! 그때로 다시 돌아가게 된다면 얼마나 좋을까? 가끔 생각해보기도 한다. 우리는 2층으로 올라가 본격적으로 작품을 감상을 했다. 내 고향 부산으로의 귀향을 마치 알고나 있었던 것처럼 〈침묵과 낭만〉 이 나를 위한 사진전처럼 느껴지니. 우리는 15년 전에 떠나왔던 부산에 다시 돌아와 며칠 동안을 마치 배회하듯 그렇게 돌아다니며 그때의 추억들을 회상했었지. 그렇게 부산은 우리에게 현재 보이는 것과 보이지 않는 것들을 만나며 과거와 현재를 이어주고 있었다. 나는 이 자리에서 생각했다. 우리에게 부산은 과연 어떤 곳 인가를? 지난 15년 동안 내 꿈속에서 그렇게 그리워하며 눈물 흘리게 했었던 곳. 현재의 내가 있기까지 과거의 내 삶은 지울 수 없는 기억들의 순간 순간들이기에 부산은 우리에게 영원히 간직될 수밖에 없는 부정할 수 없는 곳이란 걸, 상념에 젖어있는 내 모습을 보고 남편은 나를 측은지심의 눈 빛으로 애잔하게 바라본다. 나 또한 마찬가지다. 우리의 고향인 부산은 우리에게 너무나 많은 것을 잃게도 했고 얻게도 만들었다. 나는 감회가 새로워 눈물이 날 지경이다.

나는 15년 동안 머뭇거렸다. 부산과 마주할지 말지를! 그러다 부산과 마주한 시점은 바로 꽃들이 만발하게 시리도록 화사한 봄날이었다. 그 화사한 봄날 우리는 드디어 부산을 찾았던 것이다. 그동안의 모든 서러움들이 눈물이 되어 절로 흘러내린다. 역시 내 마음을 끌어당길 수밖에 없었던 사진미술관! 나는 이곳에서 내 마음에 위로와 정화를 한꺼번에 안고서 나왔다. 밖에는 여전히 가랑비가 계속해서 내리고 있고 미술관 직원은 때마침, 비와 관련된 음악을 들려준다. 이 모든 것들이 우리를 위해 연출한 무대장치처럼 느껴지니 우리는 얼마나 마음이 따뜻한 지!

사진미술관을 나온 우리는 늦은 점심을 먹기 위해 지난 15년 동안 너무나 그리워했던 절대 잊을 수 없었던 맛의 재첩국물을 맛볼 수 있는 식당으로 향했다. 이곳은 내가 부산을 떠나왔던 15년 전부터 계속해서 이 식당이 행여나 없어지지나 않았는지? 마음 졸이며 확인해보던 유일한 식당이라 부산여행에서 맨 마지막 일정으로 잡아두었을 만큼 내겐 너무나 소중한 식당이라 할 수 있다. 이곳으로 이동하는 동안, 가랑비에서 이젠 제법 세차게 내리는 비에 더욱 이곳의 뜨겁고 진한 국물 맛의 재첩 국이 절실해지는 것이다. 식당 안으로 들어서니 예전이나 지금이나 많이 달라진 것 없이 여전하지만 그동안 방송에도 나왔었는지 방영 사진도 붙어있었다. 그러나 이곳은 이미 부산에 사는 사람이라면 누구나 잘 알고 있을 정도로 점심시간이 되면 줄을 서야 하는 곳으로 정평이 나 있기 때문에 점심시간을 피해서 가야 한다는 것쯤은 상식이다. 나는 부산을 떠나있었던 지난 15년 동안, 입맛이 없을 때마다 재첩국물을 한 번만 먹어봤으면 정말 소원이 없겠다. 할 정도로 너무나 그리워했던 맛이라 자리에 앉기도 전에 주문부터 했더니 예나 지금이나 전혀 달라지지 않은 상차림을 내어다 준다. 그래서 더 반갑고 식욕이 돌기 시작했다. 나처럼 먹는 것에 별 관심이 없고 하루 한 끼 식사가 전부인 사람이 이 정도로 식욕을 느낄 정도이면 어떤 맛일지? 궁금하지 않은가? 반찬들의 맛은 마치 내 어머니가 만들어주시던 음식같이 그렇게 정겹고 소박하면서도 너무나 맛이 좋다. 삼삼하면서도 시원한 국물 맛과 아삭한 식감이 느껴지는 물김치와 더불어 맵고 칼칼한 맛이 일품인 겉절이의 맛도 심심한 듯 담근 부추김치도 밥 한 공기를 뚝딱 비우게 만드는 맛이지만 강된장국의 맛은 또 어떤지? 이 된장국을 밥에 올려 쓱쓱 비벼 먹으면 정말 꿀맛이 따로 없다. 여기서 가장 핵심적인 맛은 바로 내가 제일 좋아하는 맛인 바로 고등어조림의 맛인데 이 맛은 결코 흉내 낼 수 없는 이곳에서만 맛볼 수 있는 가히 환상적인 맛이라고 할 수 있다. 이 고등어조림은 얼마나 단맛이 많이 나는지 모른다. 그래서 너무 너무나 맛있다. 무를 큼직하게 썰어 넣고 고등어와 함께 이곳만의 양념이 더해져 오랜 시간 뭉근하게 푹 익혀낸 깊은 맛의 진수를 느낄 수 있는 맛이다. 입안에 넣으면 고등어의 살은 흐물흐물하지 않아 흩어짐이 없고 무의 단맛과 양념이 잘 배어들어 정말 달면서 너무나 맛있다. 이 맛을 나는 정말 잊을 수가 없었다. 뇌가 그 맛을 기억하고 있는 한 늘 내 혀끝에 그 맛이 남아서 감도는 듯 그 느낌 때문에 나는 지난 15년 동안 그 맛을 잊지 못해 얼마나 괴로워했는지 모른다. 특히 몸이 아파 입맛이 전혀 없을 때 이 맛이 너무나 간절했던 것이다. 이것만 먹게 되면 금방 병이 다 나아 자리를 툴툴 털고 훌훌 날아갈 것만 같았다. 이 맛을 내어 보려고 나는 그동안 얼마나 많은 고등어조림을 만들어 보았는지 모른다. 하지만 아무리 시행착오를 거쳐도 도저히 흉내낼 수 없었던 것이다. 그렇게 그리워했던 맛과 마주하는 맛이란? 정말 감격이 따로 없구나! 뜨겁고 시원한 국물 맛이 일품인 재첩국의 맛도 너무나 그리워했던 맛이다. 이 시원한 국물맛과 환상적으로 궁합이 잘 맞는 부추를 썰어 넣어 맛이 더없이 깔끔하고 뽀얀 국물 맛이 진하고 진하다. 한 알 한 알 깐 재첩에서는 모래가 씹힌다든지 그런 느낌은 전혀 없다. 얼마나 해감을 했을까? 그것이 궁금할 뿐! 숟가락에 알알이 얌전하게 올려가 있는 재첩을 바라보니 문득 지난 15년간의 내 그리움을 한순간에 보상받는 느낌이랄까? 그 그리움들이 일순간 파노라마처럼 스쳐지나간다. 앞으로 나는 가끔 이 맛이 절실히 그리워지면 이곳에 찾아와 남편과 함께 맛있게 먹을 것이다. 더 이상 참지 않고 말이다. 그만큼 내겐 정말 죽을 때까지 평생 잊을 수 없는 맛이다.

우리는 이 맛을 더 즐기기 위해 주문 포장하여 재첩 국을 사왔을 정도로 우리의 입맛엔 최고의 맛이라고 할 수 있을 것이다. 그리움이 가득 담긴 음식을 먹고 마음의 안정을 얻고 그리움들의 실체를 하나씩 벗기며 오래된 그리움들을 마주하고 비로소 우리는 마음의 결핍을 채우고 평화를 느꼈다. 지난 3월 29일 일요일, 우리의 고향 부산으로의 15년만의 귀향은 내게 너무나 감격적인 사건이었다. 지난 날, 부산을 떠나오면서 나는 내가 다짐했던 꿈과 성공을 이루기까지는 결코 찾지 않을 것이라 결심하며 자신에게 너무나 가혹하게 채찍질 할 때마다 더욱 그곳이 그리워졌던 것은 그곳에 남아있는 내 삶의 발자취들이 너무 컸었기 때문이었다. 34년을 그곳에서 살아오면서 내가 다녔었던 골목골목마다 곳곳에 남겨진 추억들, 내가 느꼈던 그곳의 공기와 기온, 바람 그리고 나와 인연을 맺었었던 사람들. 내 숨결과 내 발길 그리고 무엇보다 내 젊은 열정들이 곳곳에 고스란히 배여 있는 부산에 가는 것이 그리 힘들 줄 알았더라면 차라리 떠나오지 말 것을 가끔 생각하기도 했지만 나는 자신과의 약속을 지키기 위해 그동안 각고의 노력으로 열심히 살았던 덕분에 그토록 그리워했던 내 고향, 부산에 갈 수 있었던 것이다. 지금 생각해보면 고향이란 곳은 한 사람의 식습관이나 성격, 삶의 스타일에 상당한 영향을 끼친다는 것을 느낀다. 내가 살았던 부산의 기온은 너무나 포근하고 따뜻해 겨울에도 나는 감기 한 번 걸린 적이 없었고 바다가 있어 여름엔 시원해 더운 느낌이 별로 없었는데 서울로 이사를 한 후, 여름엔 더위와 겨울엔 추위와 싸우느라 얼마나 고생을 했는지. 내 몸에 체화되어 있었던 그 기온의 온도는 부산여행을 통해서 그것이 내 몸에 딱 맞는 옷이었다는 걸 절실히 느꼈고 그곳에서의 식습관도 내겐 잊혀 질 수 없는 것이란 걸.

또 내 고향의 푸근하고 넉넉한 인심과 아울러 정겨운 부산 사투리 그것들은 호탕함과 화끈함을 느끼기에 충분했다. 물론 개개인의 성격 차와 별개라 할지라도 부산의 인심은 그렇게 시원시원하고 화통했다. 그런 영향을 받아서인지 나 또한 상당히 그런 면들이 다분하다. 내 아버지와 어머니도 내 남편도 내 동생들도 다 그렇다. 그런 곳에서 살다가 서울이란 곳에 이사를 가니 한동안 숨이 막혀 죽는 줄 알았다. 좁고 비싼 땅, 열악한 공간에서 살아서 그런지 사람들은 너무나 각박해 적응이 안 되는 스타일들이었다. 다 그렇다는 말은 아니지만 적어도 내가 경험했었던 사람들은 그랬었다. 남편과 나는 마치 물 만난 고기처럼 숨통이 트여 그렇게 고향 부산을 미친 듯 배회하고 돌아다녔다. 둘이서 얼마나 웃었는지 모른다. 둘이서 얼마나 신이 났는지 모른다. 아무도 모르게 둘이서 얼마나 행복했는지 모른다. 그럴 수밖에 없었던 것은 그곳이 우리의 고향이었기 때문에 가능했던 것이다. 마치 홈그라운드의 이점을 최대한 살려 마음껏 누리고 즐기며 서로를 생각하는 마음도 더욱 돈독해질 수밖에 없었던 것이다. 남편은 내게 너무나 소중한 사람이란 걸 다시 한 번 더 새삼 깨달을 수 있었다. 나를 이 세상에서 누구보다도 아껴주고 걱정해주며 사랑해주는 사람, 앞으로의 내 삶의 여정에서 삶을 다하는 날까지 함께 할 단 한사람이란 걸. 그렇게 부산 여행을 마치고 집으로 돌아오는 차 안에서 나는 꼼짝없이 잠만 잤었다. 그동안의 삶의 피로가 한꺼번에 내 몸 속에서 다 녹아내리는 듯.

새로운 삶의 패러다임이 시작되다

그동안 우리는 서로에게 정나미가 떨어질 정도로 타성에 젖어있었던 시간들을 과감하게 지워버리고 처음 만났을 때처럼 새로운 마음으로 살아가기로 했다. 서로가 굳이 말하지 않아도 알 수 있고 느낄 수 있는 그 마음을 느끼며 남편은 부산여행을 하고 집으로 돌아오며 말했다. 내가 현재 살고 있는 곳을 우리의 고향이라 생각하며 행복하게 살아가면 된다고! Paradise is where I am.(내가 있는 곳이 낙원이다)-볼테르

내 고향 부산은 앞으로 언제든 갈 수 있으니까 현재 우리가 살고 있는 곳에서 사랑하며 열심히 살아가면 되는 것이다. 집으로 돌아온 우린 부산여행에서 얻은 좋은 에너지로 우리가 살고 있는 세종시와 공주, 부여, 대전, 청주, 천안 등 인근의 여러 지역으로 여행을 다니며 우리는 그동안 알지 못

했던 새로운 지역을 처음으로 알게 되는 기쁨도 느끼게 되었다. 점점 나이가 들어가면서 우리가 뿌리를 내리며 살아가게 될 제 2의 고향이 될 곳이란 걸 예감하게 되었다. 세종시에 살면서 양평에서 살았을 때처럼 텃밭을 가꾸며 길고양이를 돌보고 싶다는 생각을 늘 마음속으로 하고 있었는데 마땅한 텃밭을 발견하지 못했던 나는 부동산을 눈여겨보며 어디에 텃밭과 꽃밭을 가꿀 만한 땅이 없는지 찾아보게 되었다. 그런데 세종시는 이미 한창 땅값이 상승하고 있었던 시기라 엄두를 내지 못했지만 가까이 있는 공주에서 찾아보았더니 그래도 구입할 만한 가격대의 땅들이 있었다. 하지만 선뜻 용기가 나지 않아서 잠시 보류하고 있던 몇 개월 사이에 땅값은 배로 올라있었던 것이다. 용기 있는 자들이 먼저 가지게 되는 것은 진리라는 걸 깨닫게 되는 순간이었다.

갑자기 마음이 바빠지기 시작했다. 공주를 샅샅이 훑으며 알아보았지만 불과 몇 개월 전에 보았던 매물들은 자취를 감춘 뒤였다. 이 시기에 마침, 시골집을 리모델링해서 농촌에서 새로운 삶을 살아가는 젊은이들의 사례들을 많이 접하게 되므로 나는 예전부터 막연하게나마 내가 꿈꾸어 오던 삶을 구체적으로 실현해봐야겠다는 생각을 하게 되었다. 시간이 나면 동생과 남편과 함께 시골집을 구하러 다녔다. 마음에 드는 시골집을 구하게 되면 내가 좋아하는 스타일로 집을 새 단장하고 미치도록 좋아하는 꽃들을 가꾸며 나만의 정원을 만들고 텃밭을 일구며 길고양이들을 돌보며 남은 생을 살고 싶다는 작은 소망을 이루고 싶어졌다. 그것은 양평에서 살면서 경험하게 된 텃밭과 정원 가꾸기가 모태가 된 것이 사실이지만 오래 전으로 거슬러 올라가보면 어린 시절 내가 원했던 집으로 이사를 가 살게 만들어주셨던 내 아버지의 영향이 더 컸다. 나는 꽃이 만발하게 피어나고 과실수가 있고 정원이 넓어 내가 좋아하는 강아지들을 키우며 뛰어 놀 수 있는 그런 집으로 이사를 가고 싶다고 늘 아버지께 졸랐었는데 내가 중학생이 되던 해, 내 아버지는 내가 진정으로 바랐던 집으로 이사를 가게 만들어주셨던 것이다. 내 소원을 이뤄주셨던 그때 나는 얼마나 기뻤는지 모른다. 학창시절에 부모님과 살았던 집들 중에서 제일 내 마음에 들었던 집이었다. 아침에 일어나면 제일 먼저 마당으로 나가 잘 익은 무화과 열매를 따 먹었고 내일은 또 어떤 무화과가 익을지 혼자서 점쳐 놓기도 했었던 그 무화과나무는 온전히 나 혼자 만의 나무여서 아무도 손댈 수 없었고 세 마리의 강아지를 풀어놓고 함께 뛰어다니던 기억과 채송화 꽃이 얼마나 어여쁜 꽃이란 걸 알게 해줬던 집이었다.

그러나 그 집에선 오래오래 살지 못했었다. 재개발로 인해 보상을 받고 우린 더 좋은 집으로 이사를 가게 되었는데 그곳도 마찬가지로 내가 바랐던 넓은 정원이 있어 꽃을 볼 수 있는 2층 양옥집이었다. 나는 그 집에서 봄이 오는 길목에 제일 먼저 피어나는 하얀 목련꽃이 얼마나 아름다운 꽃인지 알게 되었고 사시사철 푸르른 나무들을 바라보며 나도 언젠간 정원이 넓은 내 집을 마련해 살아가리라 꿈을 꾸기도 했었던 집이지만 그곳에서 내 아버지는 간암말기 선고를 받게 되었고 투병생활을 몇 년 동안 하시며 장녀인 내가 남편과 결혼하는 것까지 지켜보았던 슬프지만 눈물겹도록 아름다운 기억을 간직한 집이었다. 그래서 나는 자연스레 정원이 있는 집이 좋을 수밖에 없었다. 특히 내 어머니는 꽃들을 얼마나 사랑하셨는지 모른다. 어머니의 손길이 스치기만 해도 죽어가던 꽃들은 생명을 다시 얻는 것처럼 그렇게 꽃을 잘 가꾸셨고 꽃을 진정으로 사랑하셨다. 나는 늘 꽃을 바라보며 좋아하시던 어머니의 목소리를 기억하고 있었다.

우리가 경기도에서 살았던 시기에 꽃을 좋아하시는 어머니와 함께 허브 식물원에 가 함께 꽃을 바라본 적이 있는데 어머니는 당신께서 좋아하는 꽃들을 볼 수 있도록 만들어 준 것에 얼마나 기뻐하셨는지. 나 또한 어머니를 바라보며 기뻤고 나도 어느 순간부터 어머니처럼 꽃을 미친 듯이 좋아하고 있다는 걸 알게 되었다. 그 결정적인 순간의 발견은 세종시로 이사를 오면서 본격적으로 시작되었다. 자주 아팠고 한 번 아프기 시작하면 오래 아파서 도저히 견딜 수가 없을 정도였다. 그 증세는 병으로 고통스럽게 돌아가신 부모님을 절로 떠올리게 했다. 내 몸이 아프니 부모님은 병으로 인해 얼마나 아팠을까? 부모님이 병으로 빨리 돌아가시게 된 것은 다 내가 지난 날 속 썩여 드렸던 이유들 때문이고 모두 다 내 잘못인 것만 같아 죄책감으로 나를 자책하는 시간들이 점점 많아지게 되었다. 그렇게 내 우울증은 증폭되어만 갔고 그 우울함으로부터 벗어나기 위해서 애썼지만 벗어날 수 없는 굴레로 느껴졌다. 어느 날 남편과 함께 세종시의 여러 동네와 공주로 드라이브를 하러 간 적이 있었는데 드넓은 들판에 가득 피어있던 세상에서 처음으로 보게 되는 생경한 꽃들을 바라보면서 나는 갑자기 무아지경을 경험하게 되었다. 꽃들을 바라보는 순간, 꽃에 빠져들어 다른 것들은 모두 잊어버렸다. 꽃을 바라보는 기쁨은 어떤 다른 것들보다 더 큰 기쁨을 내게 안겨준다는 사실을 알게 되었다. 꽃만 보면 시간이 흐르는 것도 잊었고 배고픈 것도 잊고 말았다.

몸이 아픈 것도 잊었고 우울함도 잊었다. 꽃을 바라보는 순간만큼은 모든 것을 잊게 되는 순간이었기 때문에 다른 특효약도 소용없을 만큼 꽃은 내게 만병통치약이나 다름없었다. 내 어머니가 꽃을 바라보며 기쁨을 느끼고 즐거움을 느꼈던 것처럼 나도 그런 순간이 오다니 참 신기할 따름인 것은 꽃으로 인해 마음과 몸의 치유를 경험하게 된다는 사실이다. 지난 날, 내게 상처와 배신감을 안겨줬던 이들을 잊어가고 있는 나를 발견하게 되었고 몸과 마음을 피폐하게 만들었던 기억들을 차츰차츰 잊도록 만들어주는 꽃을 바라보며 나는 한없이 웃었다. 매주일 남편과 나는 어김없이 꽃이 피어있는 곳으로 다녔다. 꽃들을 바라보며 내가 생기를 얻고 웃음을 환하게 웃고 아픈 것을 잊을 때 남편 또한 기쁘지 않을 수 없었던 것이다. 매일 출근하고 퇴근하면서 보게 되는 꽃들을 남편은 사진을 찍어서 내게 전송해주었고 나는 매일 우리가 살고 있는 집에서 사진이지만 꽃을 바라볼 수 있다는 것으로도 위로를 얻었다. 우리가 사는 집에서 꽃을 가꾸며 매일 볼 수 있다면 더할 나위 없겠다는 생각을 하면서 우리는 여러 곳으로 정원을 가꿀 수 있는 집을 구하러 다니다 어느 날 우린 처음으로 충남 부여라는 지역에 가보게 되었다. 그곳에서 여러 집들을 참 많이도 보았다. 마음에 드는 집이 나올 때까지 쉬지 않고 집들을 보았다. 그러다 동생이 먼저 집을 계약하게 되었는데 동생의 집 옆에 있는 집이 매물로 나오면 나도 사고 싶다는 생각을 했다. 동생의 집 옆에서 함께 우리의 노후를 살아가게 된다면 더할 나위없을 것이란 생각에 부동산에 집이 나왔는지 알아보았으나 그 집은 팔지 않는다는 얘기를 듣게 되었다. 그러나 그 집을 살 수 있기를 나는 마음속으로 간절히 바랐다.

옆에서 살면서 동생을 바라볼 수 있는 것과 내가 좋아하는 꽃들을 가꿀 수 있는 것과 납골묘에 모신 부모님들을 언젠가 내가 가꾼 정원으로 모시고 와 살 수 있다면 이 세상에서의 더 이상의 여한은 없을 것만 같았다. 그런 내 바람이 통했는지 몇 달이 지난 후, 동생의 옆집을 매매하겠다는 연락이 왔다. 나는 뛸 듯이 기뻤다. 내가 원하는 대로 그 소망이 하나씩 이뤄지고 있는 것에. 집을 계약하고 어떻게 리모델링할 것인지에 대해 고민을 하고 어떻게 정원을 가꿀 것인지 계획을 세우며 나는 몹시도 흥분된 시간들을 보내며 나는 매일매일 꿈을 꾸었던 것을 기억했다. 내가 어릴 적 부모님과 함께 살았던 정원이 넓고 내가 좋아하는 꽃이 피고 또 나무와 과실수가 있었던 그 집에서 내가 좋아하는 강아지들과 함께 놀았던 때 그 속엔 언제나 자식들을 사랑하는 자상하고 훌륭한 부모님이 함께였었던 그 공간에서의 꿈을 꾼 후, 꿈에서 깨어나 현실을 자각할 때의 그 허전함과 말할 수 없는 애틋한 그리움으로 가득 차오를 때 나는 쓸쓸함에 눈물이 흐르곤 했었지. 부모님께선 일찍 돌아가셨고 내가 하던 사업이 불가항력적인 힘에 의해 실패하게 되었을 때 정말 살고 싶지 않을 만큼 힘들고 외로운 시간을 보내며 오직 단 하나만 생각하며 이를 악물고 살아왔다.

　지난 시절, 내가 가장 행복했던 순간, 부모님과 함께 했었던 그 공간, 그런 공간을 꼭 마련해서 살고 싶다고 생각했다. 그 공간은 무척 넓은 대지가 아니어도 좋았다. 내게 그런 공간이란? 곧 내 부모님과 같은 안온하고 포근한 품같이 따뜻한 공간이라 할 수 있는 것이다. 그런 공간에 내 취향과 감성이 녹아든 인테리어로 리모델링하는 것! 남들이 다하는 무난하고 어디에서나 볼 수 있는 트렌드에 치우치는 스타일이 아닌 내 느낌과 내 취향과 라이프 스타일을 반영한 나만의 집, 그런 공간을 만들기 위해 준비하는 일! 그 후 나는 주말만 되면 남편과 함께 우리가 원하는 스타일대로의 새 단장을 위해 시골집을 멋지게 리모델링한 사례들을 수집하기 위해 여러 곳으로 탐방을 떠났다. 시골집 새 단장에 관한 조언을 얻고자 하니 모두가 흔쾌히 내 부탁을 들어주시고 초대해주셔서 내가 태어나 처음으로 가보게 되는 충남 서천이나 충북 괴산과 청주, 전라도 장수까지 여러 지방으로 탐방을 가 느낀 것은 내가 앞으로 살아야 할 곳과 내가 하고 싶었던 일과 내가 해야 할 것들에 관해 제대로 알게 되었다는 것이다. 나는 어릴 때부터 도시에 살았지만 운이 좋게도 자연과 접할 수 있는 환경 속에서 자랐기 때문에 자연과 떨어질 수 없다는 사실을 일찍부터 알게 되었다.

답답하고 공기가 탁한 서울로 이사를 가면서 특히 더 느낄 수 있었던 것이다. 자연이 없는 도심 속에선 숨을 쉴 수 없을 만큼 힘들게 느껴졌기에 시골을 돌아다니며 내게 더 잘 맞는 환경이 시골이라는 걸 깨달았다. 도시화가 점점 더 가속화되어 가고 있는 세종시도 언젠간 포화상태가 될 것인데 땅값이 오른다고 해서 땅을 사고 집을 사서 살고 싶지도 않았다. 사람들이 내게 투자를 못하는 사람이라고 말해도 나는 상관없었다. 돈을 쫓아가기 위해 어디에 있는 아파트를 분양 받으면 얼마의 돈을 남길 수 있고 어쩌고저쩌고 하는 말은 내겐 별 의미 없는 얘기에 불과한 것이었다. 돈이 많다고 해서 모두 다 행복한 것은 아니라는 걸 이미 느꼈기에 돈을 쫓아가지 않기로 했다. 그것보다는 내 마음이 편하고 내가 하고 싶은 걸 하면서 행복한 것을 선택하고 싶었다. 많이 번다고 해서 좋은 것을 먹고 좋은 집에서 산다고 해서 행복할 것이라면 이미 나는 과거에 행복했어야 했다.

하지만 그때는 정말 행복하지 않았다. 오히려 모든 걸 잃고 빈털터리가 되어 작은 것에도 감사하며 소소한 것에 행복을 느꼈으니까. 큰 집에서도 살아봤고 작은 집에서도 살아봤고 좋은 집에서도 살아봤고 누추한 집에서도 살아봤기에 이제는 내가 좋아하고 원하는 스타일대로 리모델링할 수 있는 시골집에서 자연과 벗하며 살 수 있는 작지만 그런 집을 갖고 싶었다. 그런 소박한 소망을 담을 수 있는 집을 리모델링하려는 내게 참 감사하게도 여러분들이 도움을 주시는 것에 어쩌면 그분들도 나와 같은 생각에 공감하고 있으리란 생각이 들었다. 나의 시골집에 대한 구체적인 계획은 아직도 변함이 없고 내 둘째 동생도 역시 나의 생각에 동의하며 우리들의 부모님에 대한 추억을 떠올리며 함께 우리들의 고향을 다시 찾아보자는 제안을 해왔다. 동생도 역시 고향을 그리워했었던 것이다.

사랑하는 동생과 함께한 두 번째 귀향

2015년 3월 부산을 찾아갔었던 남편과 나는 다음 해엔 2016년 5월에 동생과 함께 다시 찾게 되었다. 우리의 삶에 있어서 가장 행복했던 시절과 가장 불행했던 시절을 동시에 안겨준 우리의 고향 부산을 떠나온 지 어언 16년, 꿈에서만 늘 그리던 고향인 부산을 다시 사랑하는 동생과 함께 찾아간다고 생각하니 더욱 마음이 설레었다. 이번 여행의 목적은 더욱 분명해졌다. 우리의 어린 시절에 부모님과 함께 살았던 집들을 하나하나씩 찾아서 그 집에 담긴 우리의 추억과 기억들을 다시 일깨우는 여행이 될 것이었다. 그것은 부모님께서 다 돌아가신 현재, 부모님과 함께 했었던 추억을 통해 궁극적인 나를 찾아 떠나는 여행이 될 수 있을 것이라 믿었다. 나를 찾아가는 여행! 우리들을 찾아가는 여행! 눈을 뜨면 보고 싶은 얼굴들이 보이지 않았다. 얼굴 가득 흥건해지는 눈물 그렇게 선연한 지난 시절의 결핍이 우리의 고향 부산을 통해 치유되고 우리는 이 세상에서의 가장 따뜻한 대화를 나누게 되었다. 나는 내가 사랑하는 동생과 남편과 함께 우리들을 찾아가는 부산여행을 떠나는 차 안에서 문정희 시인의 '이별 이후'라는 시를 마음속으로 읊조리고 있었다. 우리는 부산에 도착하자마자 우리의 기억에 늘 추억으로 남아있던 장소인 남포동으로 가 수많은 세월 속에서 변치 않는 것 중 한 곳인 얼큰한 순두부를 먹을 수 있는 식당으로 향했다. 우리가 오랫동안 부산을 떠나있는 동안 행여 이곳이 없어지지나 않았을까? 염려했던 이곳은 동생에게도 역시 비슷한 추억으로 남아있는지 이곳에서 꼭 순두부를 먹고 싶다고 말했다. 부산 사람이라면 누구나 한 번쯤은 식사를 했을 그런 추억의 맛집인 셈이다. 가격표를 확인해보니 그동안 이천오백 원이 인상되었으나 세월의 흐름에 비한다면 많이 오르지 않은 셈이었다. 내가 대학생이었을 때 남편과 함께 이곳에 와 밥을 먹었을 때의 가격이 이천오백 원이었으니까. 20대의 우리가 50대에 와서 다시 순두부를 먹는 감회는 정말이지 새로울 수밖에 없었다.

우리는 그동안 먹고 싶었던 순두부백반을 무려 16년 만에 주문했다. 역시 변함없는 상차림이다. 부산하면 부산어묵인데 그 어묵으로 양념 가득 묻은 어묵볶음을 만들고 언제나 변함없이 맛있는 생김치를 쭉 찢어 밥에 올려먹는 맛은 가히 최고라 할 수 있을 만큼 먹으면 화끈하고도 입안이 개운해지는 맛이다. 이곳의 사장님은 우리가 생김치를 너무나 맛있게 먹고 있으니 더 드시고 싶으면 말씀하시라고 했다. 이렇게 부산의 인심은 언제나 후하다. 밥값은 너무나 싼데. 우리가 살고 있는 세종시의 밥값은 이 식당에 비하면 갑자기 너무 비싸게 느껴지던 순간이다. 화끈하고 뜨거운 순두부의 자극적인 맛을 달래주는 미역냉국의 맛 또한 일품이다. 새콤달콤하면서 시원하고 개운한 맛이다. 하얀 쌀밥 위에 얼큰한 맛의 빨간 순두부를 올려서 먹는 맛은 얼마나 매콤하면서도 뜨거운 지 얼마나 자극적이며 황홀해지는 맛인지. 이건 먹어본 사람만이 알 수 있는 그런 맛이다. 이 맛을 잊지 못해 지난 16년 동안, 우리의 기억 속에 각인되어 있는 이 맛 때문에 괴로웠던 것이다. 우리가 먹고 기억하는 맛이란? 고향이란? 바로 이런 것이 아니겠는가? 마음마저 따뜻해지는 맛! 아무도 알아주지 않아도 아무도 우리를 기억해주지 않아도 내가 기억하고 있는 그 추억은 잊을 수 없는 것이기에 우리는 이곳에 다시 와 그 기억들 속에 간직하고만 있었던 것들을 다시 끄집어내어 회상하고 또 현재의 시간으로 만들 수 있었다. 우리는 우리의 고향인 부산을 이제 우리의 추억 속에서만 회상하는 그런 곳으로 만들지 않기로 했다. 이렇게 잊을 수 없는 맛을 다시 맛보기 위해! 먹고 싶었던 음식을 배부르게 먹은 우린 이번 부산 여행의 목적이 "나를 찾아 떠나는 여행" 이니만큼 우리가 어릴 적 살았던 동네를 찾아가기로 했다.

함께한 어린 시절을 회상하며

　우리 집들을 하나씩 찾아내기 위해선 그 기준점이 필요한데 언제나 그 기준은 내가 어릴 적부터 어른이 되어서까지 다녔었던 교회가 중심이 되기에 먼저 교회를 찾아가는 것이 순서였다.

　아무리 동네가 재개발이 된다 하더라도 한 번 세워진 교회는 없어지지 않기에. 교회로 올라가는 도로 입구엔 언제나 변함없이 약국이 있었다. 정겨운 이름을 가진 이 약국을 내가 처음 보게 된 것은 초등학교 1학년이었을 때다. 1974년 초등학교에 입학해 교회에 다니게 되었고 그 교회에 가기 위해선 언제나 지나게 되는 약국! 이날 나는 두통과 감기기운으로 아파서 불가피하게 약국에 들를 수밖에 없었는데 약국 간판만 보고서도 얼마나 반갑게 느껴졌는지 모른다.

설혹 약사가 바뀌었다 하더라도 내게 익숙한 약국 이름만으로도 충분히 반가워서. 그런데 놀라운 것은 내가 어릴 적 뵈었던 그분이 아직도 그 자리에서 약사를 하고 계신다는 것이었다.

벌써 42년이라는 세월이 흘렀는데도 변함없이 그 자리를 지키며 동네의 모든 이들의 건강을 책임지고 계신 그분이 너무나 반가워 나는 기쁨을 표현할 수밖에 없었다. 그분과 얘기를 나누며 감회가 새로웠다. 그분은 동네의 터주 대감으로서 이 동네의 모든 역사를 다 알고 있기에 내가 궁금했던 부분들을 다 알고 계셔서 속 시원히 알 수 있었고 내가 어릴 적, 아파서 약을 지으러 갈 때 느꼈던 그분의 온화하고 인자한 이미지가 여전히 변함없음을 이번에도 역시 느낄 수 있었다. 언제나 부드럽고 고상한 이미지의 그분은 인품 또한 남다른 분이었다. 이곳에서 약을 지어먹으면 몸도 나을 뿐 아니라 마음까지 치유되는 듯 그분을 다시 만날 수 있었던 것에 기뻤고 내가 "변함없이 이 자리를 지켜주셔서 감사하다" 말씀드렸더니 환하게 웃어주시며 인사해주시던 그분이 아직도 내 기억 속에 남아있다. 약국 맞은편엔 금은방이 있었는데 교회의 교인이자 내가 1994년 남편과 교회에서 결혼할 때 벽시계를 선물해주시기도 하셨는데 이젠 금은방이 잘 되지 않아 그만두고 다른 일을 하시며 변함없이 교회에 출석하고 계신다는 것을 약국의 약사분이 알려주셨다. 현재 그 간판은 그대로 있지만 채소가게로 바뀌어 있었다. 어릴 적 동생들과 교회에 가기 위해 통과 관문처럼 지나쳤던 그 거리엔 빵집도 있었고 떡볶이 가게도 있었는데 그 자리를 여전히 지키고 있는 빵집을 보는 순간, 다시 한 번 더 놀라지 않을 수 없었다. 교회로 올라가는 길목마다 나는 내 눈에 익숙한 가게와 처음으로 보게 되는 낯선 가게를 분명하게 식별해내고 있었다. 몇 십 년을 보아왔던 간판과 그 가게들은 그만큼 나의 뇌리에 깊숙이 박혀 있는 것들이기에 변함없이 그 자리를 지키고 있는 가게들을 보면서 나는 변화 발전하지 않는 것들은 도태될 수밖에 없다는 것을 늘 생각하며 변하지 않는 이곳이 언젠가부터 지겹게 여겨져 이곳을 빨리 떠나야겠다고 생각했었다. 결혼 후 실행으로 옮겼던 나는 늘 멋지고 새로운 것들만 추구해온 나 자신이 이날 갑자기 상당히 오만하게 느껴졌었다면! 변화하고 발전할 수 없도록 발목을 잡는 현실, 멋지고 새로운 것을 추구할 수 없는 환경에 놓인 간과할 수 없는 형편과 처지에 대해선 생각하지도 생각조차도 하지 않는 그 오만함에 대해 그리고 이 변치 않는 변함없는 모습에 오히려 고마워하고 있는 나를 발견하며 아이러니함을 느낀다면! 부산을 떠난 지 16년 만에 드디어 교회에 도착했다. 1974년 이 교회가 신축되기 전, 내가 초등학교에 입학해서부터 이 교회에 다니게 되었고 아주 오래된 작은 교회(1952년의 연혁)였던 교회는 1977년 지금의 교회를 신축하게 되었다. 한마디로 말해 역사가 오래된 교회다. 이 교회에서 나는 나의 유년시절과 청소년기를 지내며 신앙을 키웠고 내 꿈을 키웠고 청년기를 거치며 대학에서 지금의 남편을 만나 1994년 11월 교회에서 나를 너무나 잘 알고 있는 내가 아는 모든 분들 앞에서 나를 아껴주셨던 목사님의 주례로 결혼하게 되었다. 내 지난 삶의 모든 흔적들을 유추해볼 수 있는 그런 역사적인 공간인 이 교회를 떠나 나는 그 후 신혼집이 있는 부산대학교 앞에서 살게 되면서 교회를 내 기억 속에서 잊는 듯 했지만 결코 그럴 수도 그러지도 못했음을 아주 많은 시간이 흐른 다음에야 깨달을 수 있었던 것이다.

1977년 교회건축을 하고서 교회의 머릿돌인 대리석 안으로 교회 건축을 위해 헌신했던 모든 이들의 명단이 적힌 문서를 넣는 과정을 나는 다 지켜보았었다. 그 명단엔 내 어머니의 이름도 내 어머니의 교우였던 권사님의 명단도 들어있었던 것을 기억하며 늘 마음속으로 자랑스럽게 생각하곤 했었다. 나는 내 신앙을 자라나게 해준 교회를 잊지 못해 다시 이곳을 찾아왔고 또 이곳에서 그동안 소식이 끊겨 생사를 알 수 없는 분들의 연락처를 찾기 위한 목적도 있었다. 교회 본당으로 들어가는 계단을 바라보니 어린 시절의 아주 작았던 소녀인 내가 보이는 것만 같다. 수없이 계단을 오르락내리락했었던 나! 1974년에서 2001년 사이에 몇 년간의 공백을 빼면 내 집처럼 기거했었던 공간이라 해도 과언이 아닐 만큼 잊을 수 없었던 교회! 내가 좋아하던 비둘기가 새겨진 스테인드글라스 앞에 16년 만에 다시 섰다. 얼마나 감회가 새로운지! 늘 내 집처럼 여겼던 성전은 하느님의 몸인 것을. 그것을 잊고 살았던 지난날들. 동생과 나는 우리가 찾는 어머니의 가장 친한 친구이셨던 분의 명단을 찾기 시작했다. 물론, 교회 사무실에 의뢰해 알 수도 있긴 했지만 그분이 살아계신 지를 우리 눈으로 직접 확인해 보고 싶었다. 한참을 찾아보던 동생은 갑자기 한숨을 내쉬며 말했다. "언니야, 권사님 돌아가신 것 같다. 명단에 없는 걸 보면." 나는 동생에게 말했다. "다시 한 번 더 자세히 찾아봐."

동생이 찾는 것보다 내가 찾는 것이 빠르겠다는 판단을 한 나는 눈에 불꽃을 켜고 드디어 찾아냈다. " 여기 있네." 돌아가신 내 어머니와 가장 친하셨던 그분은 동생들과 나, 우리 가족의 모든 역사와 늘 함께 하셨던 산증인이신 분이라, 그분이 돌아가셨다면 우린 아마 대성통곡을 했는지도 모른다. 아니, 나중에 그분을 만나 대성통곡을 하고야 말았지만! 그분의 연락처를 드디어 찾아내고 우리는 하느님의 몸인 성전을 구석구석 돌아보았다. 나는 남편과 함께 우리가 결혼식을 올렸던 이 교회에 다시 돌아와 우리의 추억 속으로 잠시나마 돌아갈 수 있어서 기뻤다. 동생과 나는 우리 어머니의 이름이 들어있는 성전의 머릿돌 앞에서 기념사진을 남겼다.

이제는 어린 시절을 함께 보냈던 친구들도 청소년기와 청년기를 함께 보냈던 교우들도 모두 떠나 소식조차 알 수 없게 된 지금, 언제 또 이곳을 찾아올까? 하는 마음에.

집에 대한 단상 2

이제 우리는 권사님과 같은 동네에 살았던 우리의 어린 시절의 추억이 가득 담겨있는 늘 꿈에서 그리며 잠에서 깰 때마다 눈물을 가득 쏟아내게 만들었던 너무나 그리워했던 집들을 하나하나 찾아내기 위해 골목골목을 누비게 될 것이다. 교회 뒤쪽엔 내 초등학교 때의 같은 반 친구의 집이 그대로 있었다. 16년 전, 내가 부산을 떠나올 때 이집에서 그 친구를 잠시 만났었는데 아직도 이 집에 살고 있는지 모르겠지만 아무튼 친구를 만난 것처럼 이 집을 보니 반가웠다. 화단에 피어있는 장미꽃마저도! 교회에서부터 우리는 기억을 더듬어 우리가 살았던 집으로 향했다. 우리가 찾아가는 집의 순서는 어릴 적부터 살았던 집이 아닌 역순으로 내가 대학교 1학년 때까지 살았던 2층 양옥집부터 시작된다. 왜냐하면 작년에 남편과 함께 내가 다녔었던 초등학교는 찾았으나 어릴 적 살았던 집은 새로이 도로가 나고 길이 정비되는 바람에 도저히 기억이 나지 않아 찾을 수 없었기 때문에 어쩔 수 없이 내가 대학교 2학년 때 우리 가족이 이사를 가 살았던 집을 먼저 찾아보았던 것이다. 나는 그곳에서 28세에 남편과 결혼을 하고 우리의 신혼집으로 들어갔기에 개금동에 있는 집이 내 부모님과 동생들과 살았던 제일 마지막 집이었다. 그 후 아버지께서 많이 아프셨기 때문에 큰 집이라 관리하기 힘들어 매매를 하고 다시 원래의 동네에 있는 아파트로 이사를 해 그곳에서 사시다가 아버지께서는 58세의 일기를 마지막으로 돌아가셨던 것이다. 이제는 어머니마저 6년 전 돌아가시므로 우리에겐 부모님과 함께 살았던 집에 대한 그리움과 향수가 클 수밖에 없다. 부모님께서 집을 통해 자식들을 얼마나 사랑하셨는지를 알 수 있었으므로. 내가 유년기였던 그 당시 1960년 대 말에서 70년대 초엔 자가 집 한 채 가지고 있는 사람들이 무척 드문 시기였으므로 거의 전세나 달세에서 사는 집이 대부분이었다.

　우리 자매들은 운 좋게도 상당히 부잣집은 아니었지만 그래도 넉넉한 가정에서 편안하게 살았던 기억이 난다. 둘째 동생이 세 살 무렵이던 해, 늑막염을 앓아 병원에서 오랫동안 신세를 지는 바람에 넉넉한 편이었던 집의 형편이 나빠지는 바람에 전세살이를 한 적이 있었다. 그때 자존심이 무척 강하셨던 어머니는 우리 세자매가 타인들로부터 듣게 되는 좋지 않은 소리에 굉장히 민감하셨기에 빨리 집을 사야 한다는 결심을 하셨고 내가 초등학교에 입학하기 전, 우리 집을 가질 수 있었던 것이다. 사실, 우린 무척이나 조용한 아이들이었지만 막내 동생이 갓난아기였던 시기라 우는 소리를 듣기 싫어했던 집주인으로부터 듣게 되는 싫은 소리에 내 어머니가 마음의 상처를 입으셨기에 어머니는 그 당시 우리 집을 빨리 장만해야 한다는 일념으로 사셨다고 한다. 그러니 당연히 어머니의 사랑이 듬뿍 들어간 집에 대한 우리의 추억이 남다를 수밖에 없는 것이다. 동생과 나는 교회에서 큰길을 따라 우리가 대학생이었을 때 살았던 집을 먼저 찾을 수 있었다. 부산 범천동의 우리 동네의 계단을 따라 올라가 오른쪽으로 두 번째에 위치한 이층 양옥집이 우리 집이었다. 내가 고등학교 2학년 때부터 대학교 1학년 때까지 살았던 집. 나는 이 집에서 교회를 다녔고 대학교에 입학해 남편을 만나 연애를 하던 시기에 남편이 우리 집까지 데려다줬던 기억이 있던 집이라 남편도 이 집을 잘 알고 있어 우리는 집을 보자마자 그때의 추억 속으로 함께 들어갈 수 있었다. 이제부터 앞으로 찾아가게 될 집은 기억력이 아무리 좋은 나라도 찾기 힘든 미로와도 같은 길을 따라 있는 집들이라 내가 청소년기와 유년기에 살았던 집을 찾는 여정은 힘들 수밖에 없었다.

그 와중에도 남편은 장미꽃이 피어있는 길가에서 장미를 배경으로 사진을 찍고 있다. 자신과는 아무 관련 없는 집을 찾아가는 길이 어찌 보면 별의미 없이 느껴질 수 있을 텐데도 묵묵히 함께 해주는 남편이 고마웠다. 동생과 내가 우리의 기억력을 총동원해 내가 중학생이었을 때 살았던 집을 찾고 있는데 그 모습을 사진으로 남겨주는 남편 그리고 드디어 동생이 그집을 찾아서 나는 기쁨으로 인해 환하게 웃을 수 있었다. 현재는 집의 모습자체가 완전히 변형이 되어버린 그 집은 내가 초등학교 3학년 때부터 중학교 1학년 때까지 살았던 집이다. 그때는 까만색의 기와지붕이었고 대문에

서부터 담벼락을 따라 구기자나무가 있어 빨간색의 구기자 열매가 열리기 전, 피는 구기자 꽃이 얼마나 예쁜지를 내게 알게 해준 낭만적인 집이었다. 범천동의 산복도로와 가까운 곳에 위치한 집들은 오래 전부터 재개발 지역으로 분류되어 있었기 때문에 오래된 집을 허물고 신축을 한다는 자체가 무의미한 일이었기에 이렇게 변형된 모습으로 남게 되었을 것이다.

난 내가 살았던 이 집이 몰라보게 달라진 것에 놀라기도 했지만 새로운 집주인이 구기자나무를 없애버린 것에 대한 아쉬움이 느껴졌다. 기와집 위를 따라 계단으로 올라가면 2층 양옥집이 바로 위치해 있는데 그 당시 아버지께서는 내 소원대로 정원이 넓어 강아지를 키울 수 있는 집으로 이사를 가기 위해 공사를 할 당시에 잠시 머물렀던 그 집도 보게 되었다. 이 집에서 우리는 우리가 살았던 집들 중에서 두 번째로 넓고 정원이 있어 내 소원대로 강아지 세 마리를 키울 수 있는 2층 양옥집으로 이사를 가게 되었다. 그 집에서 나는 중학교 2학년 때부터 고등학교 1학년까지 살았는데 내가 부모님과 함께 살면서 가장 행복했던 집으로 기억된다. 그 집엔 아침이면 무화과 열매가 익어 그 열매를 하나씩 따 먹는 재미를 알게 해줬고 온갖 종류의 예쁜 꽃들을 볼 수 있었고 내가 좋아하는 강아지들과 마음껏 뛰어 놀 수 있었던 집이었다.

그렇게 내 아버지께서는 나의 소원대로 이사를 자주 다니면서도 어머니의 소원대로 교회를 멀리 떠나는 동네로는 이사를 가지 않으셨다. 그것은 장녀인 나와 어머니의 소원을 골고루 들어주셨던 배려 깊은 아버지의 마음을 느낄 수 있었던 집으로 기억하고 있다. 하지만 아쉽게도 이 집은 재개발이 예정되어 있었던 집이라 그 후 흔적도 없이 사라져 버리게 되었고 그때 내가 키웠던 강아지들과도 생이별을 해야 했던 집이라 아직도 내겐 슬픔으로 남아있는 집인 동시에 가장 행복한 추억이 많이 남아있는 집으로 기억된다. 내가 대학교 2학년 때 나는 변하지 않는 동네가 싫어 다른 지역으로 이사를 가보자고 떼를 썼던 기억이 있는데 그때 아버지는 어머니와 내 소원을 절충한 곳인 개금동으로 이사를 가게 되었던 것이다. 그 집은 내가 부모님과 살았던 집들 중에서 가장 크고 좋은 집이었다. 건축한 지 오래되지 않아 새집에 속하는 이층 양옥집인데 정원이 넓어 온갖 예쁜 꽃들을 피우는 나무들이 많았던 집이라 내 친구들이 무척이나 나를 부러워했었던 집. 그 집은 작년에 남편과 가보았기에 이제부터는 내가 유년시절에 살았던 집을 찾아볼 차례다. 언제나 미로 같았던 길을 따라 나의 어린 시절은 시작된다. 내가 16년 전, 부산을 떠나 서울로 이사를 가서 어머니와 함께 살 때는 내 고향 부산에 관한 꿈은 꾸지 않았었다. 정확히 그 꿈을 자주 꾸기 시작한 시점은 6년 전, 어머니께서 루게릭병으로 돌아가시고 난 후부터이다. 내 어머니에 대한 그리움은 언제나 집과 연관이 되어 있었던 이유다. 어머니는 자식들에게 언제나 포근하고 따뜻한 존재가 아니던가?

비가 오던 날, 학교에서 집으로 달려가며 어머니가 나를 맞아주실 것이라는 생각만으로도 한없이 마음이 몽글몽글해지던 기억, 우리를 위해 따뜻한 밥을 지으시고 상을 둘러앉아 기도를 드리고 맛있는 반찬을 우리의 숟가락 위에 올려주시던 어머니, 어머니의 따뜻한 품에 안기면 언제나 나던 기분 좋은 냄새, 내가 아프면 약을 지어 오셔서 알약을 삼키지 못하는 나를 위해 늘 가루로 만들어 숟가락에 물을 타 내 입에 넣어주시던 어머니, 내가 초등학교에 입학해 첫 시험에서 올 백점을 맞아 1등이 되었을 때 어머니는 내게 한없는 미소를 지어주셨지.

또 늘 입맛이 까다로워 밥을 잘 먹지 못하는 날 위해 새벽에 시장에 가셔서 포도 박스를 사서 머리에 이고 오셔서 밥 대신 먹게 해주시던 내 어머니. 내게 포도가 주식이나 마찬가지였기에 포도만 보면 언제나 어머니 생각이 절로 났다. 내 기억 속에 남아있는 어머니는 한없는 사랑으로 나를 안아주시던 분이셨다. 그 어머니를 잃은 슬픔은 세상의 어떤 다른 슬픔보다 더 크고 비교할 수 없는 것이라 난 어머니를 잃은 상실감으로 인해 몸이 아프거나 어머니의 기일이 다가오거나 하면 항상 몸이 아팠고 꿈을 꾸었고 그 미로 같은 골목골목을 따라 어머니를 찾아 헤매는 꿈을 꾸다 잠을 깨면 늘 흥건하게 젖어있는 베개와 내 얼굴을 발견하곤 했다. 그러니 내가 살았던 부모님과의 온갖 추억이 고스란히 담겨있던 집들을 하나하나 찾아보는 것은 당연한 것이었다. 그 일은 마치 누가 내 등을 떠미는 것처럼 재촉할 수밖에 없도록 만들었다. 우리가 살았던 동네가 재개발된다는 소리를 오래 전부터 이미 들었던 터라 재개발이 된다면 그동안 살았던 우리 집들은 흔적도 없이 사라져 버릴 것이 분명하기에 재건축이 되기 전에, 찾아내어야 한다는 강박관념이 언제부턴가 내 마음을 불안하게 만들고 있었던 것이다. 그 일을 하지 않으면 난 죽어서도 눈을 제대로 감을 수 없을 것 같았고 살아도 살아있는 것이 아닌 채로 살 것이 분명할 것이라 생각했다. 잠을 자다 나는 숨을 쉴 수 없을 정도로 숨이 막히는 고통을 여러 번 겪었다. 자리에서 일어나 보면 내가 있어야 할 곳이 아닌 전혀 다른 낯선 곳에 버려진 것만 같은 느낌의 극심한 고통을 느낄 수밖에 없었다.

내게 집이란? 내가 살았던 집이란? 내 부모님과도 같은 나를 따뜻하고도 포근하게 안아주는 그런 존재 같은 공간이었던 것이다. 이제 청소년기와 초등학교 때와 유년시절에 살았던 집들을 다 기억해내고 집을 하나하나 찾는 일이 내 사명과도 같은 일이었기에 꼭 찾아야만 했다. 그런데 워낙 동네가 미로 같은 길을 따라 집들이 있었기 때문에 아무리 찾으려 해도 찾을 수가 없었다. 유년시절 4살 때부터 성장할 때마다 이사를 해 살았던 집들을 차례대로 찾는 일. 게다가 그동안 변형되어 전혀 다른 집이 되어버린 집들을 45년이 흐른 시점에 다시 찾는다는 것과 그 집들이 온전히 남아있어 찾을 수 있게 된다면 그 자체가 기적 같은 일이 될 것이었다. 우린 어린 시절의 기억의 조각들을 하나하나 퍼즐 맞추듯 미로 같은 길을 돌고 돌아 하나씩 찾을 수 있었다. 그런데 내 기억 속에는 가물가물했던 집들을 내 동생은 나와 다르게 분명하게 기억하고 있어서 동생이 먼저 발견하게 되는 경우도 있었다. 내 기억 속에 늘 흐릿하게만 남아 있었던 그 골목길의 중간지점엔 내가 5~6살이던 무렵, 막내 동생이 태어난 이후 잠시 살았던 집이 있었다. 그 집은 채송화가 가득 피어있었던 집이고 그곳에서 어머니는 우리 집을 꼭 장만해야 한다는 강한 의지를 갖게 된 집이었다고 하셨다. 갓난 아기였던 막내 동생이 울 때마다 집주인이 싫어했기에. 그 골목길의 끝에서 두 번째에 위치한 집이 1972년 내가 초등학교에 입학하기 전, 6살이 되던 해 아버지께서는 어머니의 소망에 따라 자식들이 남의 입에 오르내리지 않도록 만들기 위해 진정한 우리의 집을 마련하셨던 것이다. 현재는 아무도 살지 않는 빈집으로 자물쇠가 채워져 있었다. 동생과 나는 우리가 미취학 아동일 때부터 초등학교 2학년 때까지 살았던 집을 발견하고서 얼마나 신기해했는지 모른다. 아직도 그 집이 남아있었던 것에. 그 길이 변치 않고 그대로 고스란히 남아있었기에 얼마나 고마운 지! 우리가 아주 꼬마였을 땐 우리가 서 있는 이곳이 그다지 좁다는 생각을 하지 못했었는데 지금에서야 자동차조차도 들어올 수 없는 골목이란 걸 알게 되다니. 내가 그런 얘기들을 하니 남편이 날 가만히 안아주며 사진으로 남겨주었다.

이제 우리는 어머니의 절친한 친구였던 권사님의 댁을 찾을 수 있었다. 그 집은 우리 집보다 조금 안쪽으로 들어가는 곳에 위치한 골목 안에 있어서 어릴 때부터 나는 그 집을 "숨은 집"이라 불렀다. 이 집에 아직도 권사님께서 사신다면 정말 오래도록 한 곳에 사시고 계신 셈이었다. 우리가 여러 곳으로 이사를 자주 다녔던 반면, 오래도록 변함없이 한자리에 사셨던 변치 않는 그분! 동생은 권사님 댁 앞에서 교회에서 알게 된 연락처로 전화를 해보았다. 혹시 현재 댁에 계신다면 만나서 우리 어머니께서 돌아가셨다는 사실을 알려드려야 하기에. 다른 분들은 다 몰라도 그분만은 알아야 하기에. 그 사이, 나는 어머니께서 나를 위해 시장에 가셔서 포도를 사오실 때까지 기다렸던 집 앞에 서 있었다. 이 집은 주위보다 한 단계 내려앉은 위치에 있으면서 담으로 쭉 둘러져 있었기 때문에 나는 그 담에 기대서 시장에 가신 어머니를 하염없이 기다리기도 하고 동생과 말다툼 한 이유로 집에서 쫓겨 난 우리는 우리를 구원해주실 퇴근하시는 아버지를 기다리기도 했었다. 아버지는 집에서 나와 있는 동생과 나를 보시며 아무 말씀 없이 양손을 내어주시며 집으로 함께 돌아가곤 하셨다. 아버지의 한없이 큰 손에 얼마나 큰 힘이 느껴졌었는지.

이 집도 마찬가지로 아무도 살고 있지 않아 잡초만 무성하고 자물쇠로 채워져 있었다. 동생이 권사님과 통화하던 중, 내게 전화기를 건네준다. 권사님의 목소리를 듣자마자 나는 절로 울음이 터져 나왔다. 어머니가 돌아가시고 안 계신 현재, 내 어머니와도 같으신 분이셨으므로! 권사님도 내 목소리를 듣자마자 우셨다. 시장에 가셨다 걸어서 집으로 돌아오시고 계신다고. 우리를 꼭 만나야 하고 그냥 보낼 수 없다고 하시며, 중간지점인 장소에서 만나기로 약속을 했다. 내가 울면서 통화를 하고 있는 사이, 남편은 내가 우는 모습까지 자신도 울면서 사진으로 남겨줬다. "아내가 울고 있는데 남편이 울지 않을 수 없었다."고 내가 울고 있는 모습을 사진으로 보니 정말 다른 사람처럼 느껴졌지만 그래도 내 모습이므로 기록으로 남겨준 남편에게 고마운 마음이 들었다. 우리는 권사님을 만나기 위해 주차해 두었던 교회로 다시 급히 걸어갔다. 그런데 내가 아주 어릴 적, 4~5살이 되던 해 까지 살았던 집을 기적적으로 볼 수 있었다. 고풍스러운 방범창이 있던 집이 초등학교 5학년이었을 때 내 친구가 살았던 집이었던 것으로 기억하는데 그 친구의 집에서 우린 공기놀이를 하고 놀았던 기억이 떠올랐다. 드디어 내 막내 동생이 태어날 때 살았던 집을 발견하게 되었다. 흉물하기 그지없는 마치 얼굴이 녹아내린 듯 그런 모습으로 보이는 이 집에서 1973년 내 막내 동생이 태어났었다. 그때 나는 아침에 일어나 막내 동생이 태어날 것이라는 외할머니의 말씀을 들었고 외할머니께서 차려주시는 아침을 먹고는 이 집 아래로 연결된 계단 아래에 있던 흙바닥에 앉아 둘째 동생과 함께 놀았던 기억이 났다. 그때 내 나이 6살 때의 일이다. 그리고 둘째 동생이 3살 때 늑막염으로 대학병원에 오랫동안 입원했다가 퇴원을 하게 되던 때, 아버지는 동생과 어머니를 데리러 가신다며 나를 혼자 집에 두고 가셨던 날, 둘째 동생은 전혀 기억하지 못하는 나만 아는 그 집 앞에 서게 되었을 때 나는 생각했다. 부모님께서 아직도 살아계셨더라면 내 기억 속에 있는 이 집을 당신들께서도 기억하시고 계실 것이라고! 내 나이 4~5살 때의 기억에 남아 있었던 집을 끝으로 우리는 우리가 어릴 적부터 대학생이 되던 때까지 부모님과 함께 살았던 집들을 모두 찾아낼 수 있었다. 자다가 꿈을 꾸면 길을 헤매다 길을 잃었고 부모님과 함께 살았던 그 집들을 찾지 못해 혼자서 울다가 잠을 깨면 텅 빈 공간에 혼자 버려져 있던 나. 그 사실만으로도 충분히 슬퍼서 어깨를 들썩이며 울던 나, 그 집을 찾아서 떠나는 것조차 겁이 났던 나, 행여나 찾지 못할까? 언제나 마음 졸였었던 나, 이제 그 집들을 다 찾을 수 있어서 지금 죽는다 해도 아무 여한이 남지 않을 만큼 충분히 내 기쁨이 되어주는 부모님과 동생들과의 온갖 추억이 서려있었던 그곳에서 행복했었던 꿈 많던 소녀는 부모님을 잃었지만 그 추억들만으로도 충분히 세상을 살아갈 수 있는 힘을 얻게 되었고 진정한 나를 찾을 수 있었다.

그리운 분을 만나다

우리는 권사님을 만나기 위해 급히 약속장소로 향했고 만나자마자 누가 먼저랄 것도 없이 서로 부둥켜안고 대성통곡을 하고 말았다. 우리가 어릴 적에 권사님을 만나 알게 된 후로 42년이란 세월이 흘렀고 부산을 떠난 지 16년 만에 다시 만나게 되었다. 우리가 부산을 떠나 있었던 지난 세월동안 우리가 살았던 아파트 앞을 지나칠 때마다 권사님께서는 우리 어머니와 둘만의 대화를 나누셨다고 하셨다. 또 우리에게도 늘 같이 이렇게 물어보셨다고 말씀하셨다.

"너희들 세 명, 어디서 잘 지내고 있지?"

그리곤 우리를 위해 늘 기도해주셨던 권사님! 우리가 어느 곳에서 있든지 잘 살기만을 바란다고. 내 어머니께서 돌아가시면서 우리들을 부탁하고 가셨다고. 그 말을 듣고 난 그제야 알 수 있었다. 우리를 위해 기도해주셨던 권사님과 여러분들이 계셨기에, 그동안의 힘든 고비 고비들을 넘길 수 있었다고! 내가 아플 때마다 위험에 처해 있을 때마다 누군가 날 보호해주신다는 느낌을 강하게 느끼고 있었는데 나를 위한 기도를 권사님께서 늘 하고 계셨다니! 정말 눈물이 얼굴을 가릴 수밖에 없었다. 나는 그렇게 여러분들의 기도 덕분에 살 수 있었다고. 내 부모님처럼 우리의 안녕과 행복을 늘 바라셨던 분, 우리가 어디에서 살든, 잘 살기만을 간절히 원하셨던 분, 그 분을 다시 만나게 된 것은 우리에게 축복이자 운명인 것이었다. 나는 진심으로 감사했다. 우리가 살았던 부모님과의 추억이 가득했던 집을 볼 수 있었던 것에. 우리를 늘 걱정하며 기도해주시던 부모님과도 같은 분을 다시 만날 수 있었던 것에. 또 변함없이 그 자리를 지키시며 오래도록 그 집에 살아계셨다는 것에 얼마나 감사했는지 모른다. 살다보면 형편과 처지에 따라 아무리 그립다 해도 어쩔 수 없이 그냥 가슴 한편에 묻어두고 살아가야 할 때가 있다. 하지만 난 그것을 가슴에만 묻어두지 않고 결국 끄집어내고 말았다.

숨을 쉴 수 없을 정도로 아프고 힘들어 견디지 못해 내가 어릴 적부터 살았던 집들을 하나하나 찾아봐야만 내가 살아갈 수 있을 것만 같았다. 내가 살 수 있도록 만들어주는 일은 누가 만들어주는 것이 결코 아닌 마침내 내가 해결해야만 하는 것임을 잘 알기에 나는 동생과 함께 부모님과의 추억이 고스란히 담긴 집들을 찾으며 흥분과 설렘과 기쁨과 환희와 마음의 치유를 얻을 수 있었다. 하늘은 스스로 돕는 자를 돕는다는 말이 있듯 내가 이번의 "나를 찾아 떠나는 여행"을 통해 절실히 느낀 것은 해야 할 일은 하려고 마음먹었을 때 제때 해야 한다는 것이었다. 결국 타이밍이 중요했다는 것이다. 우리가 조금만 더 늦게 찾아갔더라면 곧 재개발로 모든 것이 흔적도 없이 사라져 버렸을 테니까. 부모님과 함께 했었던 추억이 가득 담긴 집들을 보지 못했을 것이고 그것은 내가 살아가는 평생을 내 가슴 속의 한으로 남아있게 될 것이 분명할 테니까. 나는 스스로에게 칭찬해주며 고맙다고 말했다. 내 소망을 자신이 이뤄줬으니까. 이제 앞으로의 내 꿈은 부모님같이 따뜻하고 행복한 공간을 만들어내는 것이다. 그 공간을 완성하는 날, 난 내 부모님을 우리 집에 초대하게 될 것이다. 그땐 부모님께서 내게 꼭 이렇게 말씀해주실 것이다. " 착하고 사랑스러운 내 딸아! 언제까지나 너와 함께 할게." 그렇게 말씀하시며 대견해 하실 것이 분명할 것이다. 나는 행복했다. 내가 사랑하는 내 동생과 내 남편과 함께 우리들의 고향인 부산을 구석구석 누비고 돌아다니며 우리의 고향은 우리가 어느 곳에 살고 있다 해도 부산이 우리의 고향인 것은 변함없는 것임을!

　우리는 부산을 돌아다니며 그렇게 당당할 수 없이 활보했었고 웃음이 입가에서 떠나지 않았다. 그저 기뻤다. 그저 좋았다. 그렇게 마음이 편안할 수 없었다. 게다가 우리의 어머니 같은 분을 만날 수 있었고 누구의 눈치도 보지 않고 목 놓아 울 수 있었고 지난 16년 동안 가슴에 맺혔던 모든 한들을 다 토해 낼 수 있어 카타르시스를 느끼는 순간이었다. 우리가 어디에 있든 걱정과 염려와 기도를 끊임없이 해주셨던 권사님의 그 진한 사랑에 진심으로 감사드리며 나 또한 내 부모님께 하듯 그렇게 공경하고 사랑하며 내 마음을 아끼지 않을 것이다. " 언제나 변함없는 사랑으로 " 내 마음은 붉디붉은 장미처럼 활활 타오른다. 내 사랑을 전해줘야 할 분들에게 나눠

드리기 위해서. 하루하루를 낭비하지 않고 열정적으로 살아가리라. 그것이 내가 받은 사랑에 보답하는 길이니까. "행복한 자, 그대의 이름은 사랑이니라."

또 다른 혹독한 시련

우리의 고향에 다녀온 이후의 삶은 나날이 기쁨과 행복함만이 가득하리라 믿었다. 그러나 그런 행복함도 몇 개월을 가지 못했다. 어쩌면 삶이란 전혀 예기치 못한 것들과의 싸움을 벌이는 것이리라. 2016년 8월13일 토요일, 동생들과 나는 경기도 하남의 치과에서 진료를 받고 오후 늦게 집으로 돌아오던 중 6시 30분 경 공주시 경찰서로부터 남편이 교통사고를 당해 응급실에 있는데 급히 수술해야 한다며 보호자의 동의가 필요하다는 연락을 받게 되었다. 남편은 그 당시 갓길에 잠시 정차 중이었는데 반대편 차선에서 달려오던 차가 갑자기 중앙선 침범을 해 남편의 차를 정면으로 들이받아 차가 찌그러지면서 남편의 배를 심하게 타격함으로 내장동맥의 과다출혈과 소장이 찢어지고 다리골절도 의심된다는 의사소견을 받았다는 내용이었다. 나는 남편이 의식이 있는지, 말을 할 수 있는지 물었더니 그건 괜찮다는 답변을 받았다. 다행히 생명에는 지장이 없을 것이라는 판단이 들긴 했어도 그래도 병원에 도착해 의사면담을 통해 자세한 사항을 들어봐야겠지만 난 남편이 살아있는 것만으로도 천만다행이라 생각했다. 우리가 병원에 도착한 시간은 8시 10분 경, 남편은 그 사이 수술실로 들어가 수술 중이어서 우리는 앞에서 기다릴 수밖에 없었다. 수술실 앞에서 수술이 끝나길 기다린다는 것! 그 기다림이 얼마나 사람의 피를 말리게 하는지 나는 너무나 잘 알고 있다. 오래 전에 돌아가신 내 아버지도 중환자실에 계시다 돌아가셨고 6년 전 내 어머니도 역시 수술실로 중환자실로 옮겨 다니시다 결국 돌아가시고 말았다. 그 초조함, 그 불안함, 그 긴장감들은 사람의 심장을 더욱 졸아들게 한다.

　나는 남편이 오롯이 혼자 감당했을 그 고통을 생각하니 가슴이 너무나 아팠다. 교통사고를 당했던 그 순간에도 홀로 그 두려움과 아픔을 맞이했을 테고 보호자가 없는 그 순간에도 얼마나 외롭고 힘이 들었을까? 생각하니 남편이 불쌍해 견딜 수 없었다. 그렇게 하염없는 기다림의 시간이 지나고 몇 시간의 수술이 끝나 드디어 남편의 수술을 집도했던 담당 의사를 만날 수 있었고 담당의는 수술과정과 결과를 이렇게 말했다. 동맥의 출혈이 너무 심해 유착되는 바람에 수술하는데 무척이나 힘들었고 소장도 찢어져 다시 이어서 새로 만들었기 때문에 잘 붙어줘야 하는데 그 고비를 넘기지 못하고 만약 다시 출혈이 생긴다면 재수술은 불가피하며 생명이 위험하다는 것이다.

　나는 이 말을 듣고 내 남편을 이렇게 만든 가해자에게 치를 떨었다. 남편이 옮겨진 중환자실로 가 남편을 만나 사고경위를 들으며 남편을 이렇게 만든 그 자는 중앙선 침범 후 남편에게 정면으로 돌진하는 것도 모자라 남편이 다쳐서 차에 끼어 나오지 못하고 고통을 겪고 있는데 차에서 내려 쳐다보고만 있었다는 사실. 결국 남편은 누군가 119를 불러 차문을 해체한 뒤에 겨우 빠져나와 응급실로 옮겨졌으나 사고 후유증으로 가족들의 연락처가 전혀 기억나지 않아 뒤늦게 서야 비로소 내게 연락이 오게 되었던 것이다. 나는 남편을 중환자실에 홀로 두고 나오면서 다음날 경찰서에 찾아가 정확한 사고경위를 듣고 내가 해야 할 모든 것들은 최선을 다할 것이라 생각했다. 경찰서를 찾은 날, 교통경찰은 블랙박스를 보여주면서 가해자가 중앙선침범 후 정면으로 돌진했고 사인은 음주와 졸음운전이었고 형사적인 처벌을 받게 된다고 했다. 내 남편이 만약 다시 정상적으로 회복이 되지 않는다면 나는 남편을 그렇게 만든 그 자를 결코 용서할 수 없을 것이다. 쉽게 넘어간다면 그 자는 또 살인적인 행위를 서슴지 않을 것이기에. 한 가족의 착하고 충실한 가장이며 사랑스런 아이의 아빠이며 내겐 너무나 소중한 남편이고 현재 우리가 겪고 있는 고통은 이루 말할 수 없이 큰 고통이며 우리의 행복을 일순간에 빼앗아 갔으므로!

수술 후 중환자실에서 며칠 만에 일반병실로 옮겼으나 워낙 위중한 수술을 받아서인지 환자가 겪는 고통은 이루 말할 수 없이 컸다. 남편의 몸에는 소변 줄과 동맥출혈을 막아주는 링거와 산소호흡기와 온갖 병들이 주렁주렁 매달려 있고 수술 후 나타나는 징후 중 몸에서 열이 나는 증상 때문에 무척이나 괴로워하는데 열을 식혀주기 위해 수시로 찬 수건으로 몸을 닦아주는 것 뿐 아니라 얼음 팩을 몸에 달고 있어야 하는 것이 자연스런 일과가 되어버렸다. 낮밤을 가리지 않는 남편의 간호에 쉽게 지칠 수밖에 없지만 나는 보호자로서 환자를 최대한 편안하고 안정시키기 위해 노력하고 있지만 나 또한 갱년기 증상 때문에 무척 몸이 힘들어 그 고통은 더하다.

8월 16일 화요일 남편은 교통사고로 다친 왼쪽 다리에 골절이 의심되어 X-ray를 찍었는데 그 결과 다리에 금이 많이 가서 다시 오늘 MRI를 찍어 골절에 이상이 있으면 다리수술도 하게 될 것이다. 또 소장접합 수술 후 출혈이 생겨 멈추지 않으면 재수술해야 하는 것도 힘들지만 골절수술까지 하게 되면 남편이 잘 견뎌낼 수 있을까? 현재로선 그것이 가장 큰 관건이다.

8월17일 수요일, 다리골절이 의심돼 MRI와 x-ray를 찍었더니 검사결과가 나왔다. 다리 후부의 뼈에 금이 많이 가고 십자 인대가 끊어지기 직전까지 가긴 했지만 다행히 골절이 되지 않아 수술은 하지 않아도 되지만 전치 6주의 진단을 받았고 재활치료를 계속해서 받아야 한다고 한다. 그나마 다행이다. 하지만 또 다른 복병은 내장출혈이 조금씩 생긴 이후 계속해서 토하고 배가 아파서 괴로워 한다는 점이다. 제발 출혈이 멈춰서 재수술하지 않기를 간절히 바란다. 내 아들이 막내이모와 함께 병원에 왔다. 아빠를 본 아이는 눈물부터 흘린다. 남편과 아이는 서로 손을 잡고 울기 바쁘다. 그 모습을 보는 나도 절로 눈시울이 붉어진다. 하지만 꿋꿋하게 참아낸다. 나마저 눈물을 보인다면 모두 대성통곡할게 분명하니까. 나는 강하다. 절박하고 절실하고 온갖 고통이 오는 순간이 될지라도 견뎌내고 이겨낼 수 있는 강한 정신을 가지고 있으니까. 잘 극복할 수 있으리라 믿어 의심치 않는다.

고단한 날들

8월 18일 목요일, 그저께부터 오늘까지 몇 번의 구토와 복통 후 남편의 코엔 구토를 예방해주는 호스를 삽입했다. 또 배의 통증원인을 알아보기 위해 배 사진을 촬영했고 CT 촬영도 찍었다. 8월 19일 금요일, 교통사고 후 수술을 받은 지 일주일이 되는 날이다. 남편은 악몽을 꾸고 시시때때로 울기까지 했다. 그러는 사이 6일이라는 날들이 지나갔고 그 시간동안은 정신없는 날들을 보냈다. 4인 병실에서 일인병실로 옮긴 후 남편은 잠시 단잠을 자더니 그 후 부터 밤새도록 잠을 자지 못하고 답답해서 못 견뎌 하더니 내내 불면증에 시달렸다. 그러니 간호하는 나도 힘들어 견딜 수가 없어 정신과 진료를 신청해 상담을 요청했는데 의사소견은 편히 잠을 잘 수 있도록 소량의 수면유도제를 투여한다는 답변을 받았다. 며칠 전부터 시작된 구토가 멈추지 않고 계속된다. 남편의 코엔 호스가 삽입되어 있고 호스 줄을 따라 걸러진 구토 물은 병으로 모이게 되는데 이 장치는 남편이 침대 위에서 가스를 발생하거나 움직임이 있어야만 구토물이 배출된다. 현재로선 거의 움직임도 없는데다 가스까지 나오지 않으니 구토가 호스를 통해 배출되기 보다는 입으로 내뱉게 되는 상황이 몇 번 생기다 보니 인위적으로 구토 물을 배출시키는 의료기를 장착했다. 그래도 남편은 무척이나 힘들어 하고 나 또한 간병에 몸과 마음이 지쳐온다. 제발 구토도 멈추고 몸에서 열이 나거나 또 금방 추워지지 않기를 바랄 뿐이다. 체온조절이 안된다는 건 그만큼 몸에 상해를 많이 입어 손실이 많았다는 의미인데 그래서 현재로선 회복이 더딜 수밖에 없을 것이다. 천천히 회복되더라도 괜찮지만 많이 아프지 않기를. 더 이상 고통스럽지 않기를 바랄 뿐이다. 남편의 다리뼈에 금이 가고 후방십자인대가 끊어질 뻔 했던 다리 때문에 전치 6주의 진단을 받아 남편의 몸이 전혀 움직일 수 없게 되다보니 수술한 배에서 가스가 배출되지 않아 계속해서 구토 물을 쏟아내고 몸에서 열이 올랐다 내렸다 를 반복하다 보니 회복이 더딘 것은 물론 다시 장기의 피가 엉겨 붙게 될 위험에 놓였다. 그렇게 된다면 장기 재수술은 불가피하게 되기에.

다시 다리 X-ray를 찍었다. 다리를 조금이나마 움직일 수 있다면 휠체어를 타고 몸을 움직일 수 있게 되고 몸을 움직일 수 있게 되면 장기가 자극을 받아 가스를 배출함으로 혈액이 엉겨 붙지 않게 되어 점점 장기회복이 될 수 있기에 몸을 움직여야 하는 것은 필수적인 요소다. 남편이 다시 한 번 더 기계로가 아닌 입으로 구토를 했다. 다시 옷을 갈아입히고 몸을 닦아주는 반복되는 과정이 힘이 들었고 여러 가지로 인해 고단했던 하루

다. 지금 내가 좋아하는 내 고향 부산의 바다를 한 번만 볼 수 있다면 정말 좋겠다. 바다를 보는 것만으로도 모든 고단함이 해소될 것만 같다.

8월 24일, 교통사고 11대 중과실 중 중앙선 침범과 음주. 졸음운전으로 남편을 중 상해를 입히는 범죄를 저질렀던 가해자는 지금 도망을 가고 남편은 장기수술을 하고 난 후 지금까지도 하루에도 몇 번씩 토하고 열이 수시로 오르내리는 현상이 계속되는 가운데 가스가 배출되지 않으니 담당의사는 피가 엉겨 붙는 것 같다고 다시 CT 촬영을 하자고 했다. CT촬영을 한 직후 남편은 또다시 엄청난 양의 구토 물을 10회 이상 쏟아냈다. 나는 하루에도 몇 번씩 그 뒤처리를 하려니 분노가 솟구친다.

8월 25일, 장기의 혈액이 유착되지 않기 위해 장이 운동할 수 있도록 휠체어를 타려면 먼저 금 간 다리에 석고붕대를 감아야 한다. 아침에 석고실에 가서 석고붕대를 감고 다리근육이 굳지 않도록 다리 운동하는 방법까지 설명을 듣고는 바로 X-Ray를 촬영했다. 다리 전체의 뼈에 금이 간 것이 제대로 붙고 재활치료까지 하려면 오랜 시간이 소요될 것이기에 기다리는 수밖에 없다. 앞으로 할 일은 장운동이 원활하게 될 수 있게 휠체어를 타고 열심히 운동하는 길만이 재수술하지 않는 유일한 길이 될 것이다. 오늘 10여분 정도로 휠체어를 타고 하는 과정이 만만치는 않았지만 남편이 잘 견뎌주어 첫 번째의 시도는 성공적으로 잘 이뤄질 수 있었다. 천리 길도 한걸음부터니까 차근차근 단계들을 밟아나간다면 언젠간 다시 건강을 회복할 수 있을 것이다. 남편과 나를 위해 Fighting~!!!

8월 26일. 남편이 병원에 입원한지 14일 째, 나는 어김없이 새벽 6시 30분이면 잠을 깬다. 밤새 조용하던 병실 복도는 분주해지고 배 사진을 찍으려고 온 직원들도 인턴도 다녀가고 밤새 내려두었던 블라인드를 올렸더니 하늘이 내 마음처럼 우울하다. 밤새 남편은 코 속에 새로 삽입했던 줄 때문에 답답하고 입천장이 타는 듯 고통 때문에 잠을 이룰 수 없었고 입을 시원한 물로 헹궈 주기 위해 나 또한 잠을 못자니 힘든 것은 마찬가지였다. 어제부터 담당의사는 남편에게 관장할 것을 권했고 오늘로서 두 번째 관장을 했지만 대변을 보지 못했다. 오늘부터 본격적으로 휠체어를 타고 운동을 하려고 소변 줄까지 뽑았지만 남편은 밤새 잠을 못자서인지 침대에서 계속해서 잠만 자고 있다. 그것을 지켜보는 나는 자꾸만 답답하고 우울해 온다. 하지만 늦은 오후부터 침대에 앉아서 하는 운동으로 시작해서 휠체어를 타고 복도를 몇 바퀴를 돌고 병실에 다시 돌아와 계속되는 운동은 그칠 줄을 몰랐고 저녁 7시까지 계속되는 운동에 내가 더 지칠 지경이었다. 남편의 살려는 강한 의지에 답답하고 우울했던 내 마음이 다시 진정이 된다. 마음아. 마음아. 내 마음아! 어떠한 상황에서도 흔들리지 않는 강한 마음이길~!

8월 31일, 어제부터 새벽 5시만 되면 눈을 뜬다. 배 사진을 찍기 위해 휠체어를 타고 1층으로 직접 내려가야 하기 때문이다. 침대에 누워 있었을 땐 촬영기사들이 기계를 끌고 와 병실에서 사진을 찍어주었는데 이제는 환자의 운동을 위해 직접 가야한다는 것인데 그것은 그만큼 상태가 호전되었다고 볼 수도 있지만 아직도 방귀와 대변이 나오지 않고 코 줄에서 쓸개즙이 많이 나와 금식을 하고 있다. 남편이 식사를 할 수 있는 날이 언제일까? 그때가 바로 나도 함께 식사를 할 수 있는 날이 될 수 있을 것이다. 배 사진을 찍고 다시 잠자리에 들어 곤히 잠을 자다보면 다시 알람이 울린다. 6시30분 기상해 하루 일과가 시작된다. 블라인드를 올렸더니 하늘이 잔뜩 찌푸려 있고 비가 내리고 있다. 기온이 18도로 급강하 하는 바람에 춥다. 어제 정형외과 담당의사에게 석고붕대를 고정하고 목발을 사용해도 되는지 문의했더니 된다는 답변을 주셔서 오늘 목발을 준비해 좀 더 많이 운동량을 늘여나가기로 했다. 내일부터 천천히 걷게 되는 운동이 본격적으로 시작될 것이다. 이만해도 어디인가! 담당의사는 재수술은 되도록 배제한다고 했다. 그렇다면 남는 숙제는 남편이 얼마만큼 운동을 열심히 하느냐에 달려있다. 오늘 남편은 잠자리에 들기 전까지 휠체어를 타는 운동을 했다. 몸이 피곤해서 저절로 잠에 골아 떨어 질 때까지. 전치6주 진단을 받은 다리의 재활치료도 해야 하지만 지금 현재는 배가 더 문제이므로 남편이 운동을 하면서 지치지 않기를 바란다. 비가 내리다 멈추는 것처럼 우리의 시련도 언젠가 끝날 거라 믿는다.

9월 1일, 배수술 후 방귀와 대변을 보지 못하고 코 줄로 쓸개즙을 배출하다 보니 금식을 할 수 밖에 없고 그러다보니 수술부위의 호전이 무척이나 더디다. 오늘부터 배 부위의 운동이 원활하게 이뤄지도록 걷는 연습과 아울러 관장도 하기로 했다. 아침부터 시작된 목발 짚기는 과연 잘할 수 있을까? 걱정 반 기대 반이었는데 남편은 의외로 목발에 의지해 잘도 움직였다. 순전히 오른쪽 다리와 두 팔의 힘에 의존해 목발을 짚고 첫 발을 내딛는 순간, 나는 나도 모르게 환호성을 지르고 말았다. 전혀 불가능 할 것 같았던 첫 걸음이 마치 어린 아기가 첫걸음마를 내딛는 것 같은 신기함으로 다가오는 순간이었다. 무려 1시간 동안 쉬었다, 걸었다 를 반복하며 운동을 한 남편이 대견하게 느껴졌다. 9월 5일, 교통사고가 발생한지 22일 만에 경찰서에서 교통조사원인 경사로부터 피해자 진술서를 작성하러 온다는 연락을 받고 진단서를 준비해 경찰을 만나게 되었다. 담당경사는 남편의 진술서를 작성했고 가해자는 현재 도망갔기 때문에 가해자의 주거지에 경찰서로 출석하라는 통지서를 보냈고 출석하지 않을 경우 수배를 내린다고 했다. 또 그럴 경우, 사건종결이 길어진다고 했다. 남편도 역시 병원 생활이 예상보다 더 길어질 것 같다. 장기수술을 하고 받은 내과진단 뿐 아니라 다리골절을 진단했던 정형외과도 10주 진단이 나왔기 때문에. 남편은 담당경사가 사고 진술서 마지막 부분에 더 하실 말씀 없으시냐는 질문에 이렇게 대답했다. 사고가 난 후 다리가 차에 끼어 밖으로 나올 수 없는 상황에서 목이 너무 말랐는데 그때 동네 주민이 물을 가져와 마시게 해주셔서 고맙다고. 퇴원하게 되면 그분을 찾아가 꼭 감사하다는 말씀을 전하고 싶다" 고. 그 말을 듣고 나는 생각했다. 내가 이런 바보같이 착한 사람과 살고 있구나. 하고! 내 남편은 정말 법 없이도 살 사람이다. 그런 착한, 선한 사람을 다치게 만들다니. 사고를 내고 도망간 가해자는 처벌을 달게 받아야 할 것이다. 중앙선침범, 음주. 졸음운전으로 내 남편을 죽음의 직전까지 몰고 갔으니까. 오늘로서 벌써 다섯 번째 관장을 시도했다. 하지만 아직도 대변을 보지 못하고 있고 담당의사는 이번 주 까지 두고 지켜보다가 더 이상 상태가 호전되지 않으면 어쩔 수 없이 재수술하는 방법밖엔 없다는 말을 했다. 남편은 그 말에 정말 두렵다고 했다. 나 또한 재수술 후 겪게 될 과정들이 두려운 것은 마찬가지다.아, 미치도록 정말이지 너무나 두렵다.

9월 8일, 오늘도 역시 대변을 보기 위해 일곱 번째 관장을 시도했다. 첫 번째에서 세 번째까지는 관장액으로 시도하다가 관장액을 투여하고 불과

20분 만에 액이 흘러나와 장운동이 되기도 전에 실패했기 때문에 네 번째부터는 좌약을 넣어 대변이 나오도록 시도했지만 역시 실패해버렸다. 그럼에도 불구하고 관장을 해야 하는 이유는 대변을 봐야만 장운동이 된다는 증거가 되는 것이기도 하고 장기에 피가 엉겨 붙는 것을 막을 수 있는 방법이 바로 대변을 보게 만드는 것이기에 그것은 매우 중요한 일이다. 어제 뿐 아니라 오늘도 일곱 번째 좌약을 투여했고 그 후 남편은 좌약으로 인해 힘든지 고통스러워하다 그만 잠이 들어버리고 말았다. 남편과 나는 현재 병실에서 함께 지내며 잠을 자는 것 뿐 아니라 일어나는 시간도 같은 시간에 일어나 움직여야만 했다. 그래야 서로가 지치지 않고 남편은 병이 나아질 것이고 나도 제대로 간병을 할 수 있을 테니까.

절망 속에서 기적을 보다

9월 10일, 어제 여덟 번째 좌약을 넣은 오후, 남편은 배가 아파 절로 잠들었다 몇 시간 후 큰 방귀를 뀐 뒤 화장실에 가 대변을 봤다. 수술 후 27일 만에 볼 일을 본 셈이다. 남편과 나는 정말 오랜만에 기쁨으로 들떴다. 그리고 오늘도 역시 오전에 아홉 번째 좌약을 넣었고 그 결과 역시 성공이었다. 방귀와 대변은 우리 몸에서 가장 기본적인 장기 활동에 속하는 것이지만 수술 후 몸에서 반응하는 가장 중요한 요소이기도 하면서 그것을 토대로 병의 호전을 판단할 수 있기에 그토록 담당의사는 물론 모든 진료인 들이 회진 시마다 매일 묻는 질문이기도 하다. 수술 후 거의 한 달 만에 장운동이 제대로 되고 있다는 증거이니 앞으로 좋은 결과를 기대해본다. 낮에 동생들이 다녀갔다. 남편이 병원에 입원 한 후로 우리가 유일하게 만나는 사람들은 바로 가족들이다. 지인들이 병문안을 온다는 연락이 오지만 일체 금지하는 이유는 그동안 남편의 몸 상태가 누구를 만날 만큼 좋지 않아서였고 호전될 기미가 보이지 않은 상황에서의 만남은 내키지가 않았었다. 며칠만 지나면 추석이다. 남편과 내가 병원에서 지낸지가 오늘로서 29일째 되는 날이다.

9월 12일, 오늘도 역시 새벽 5시에 일어나 x-ray 촬영을 하고는 다시 잠들어 6시 30분에 일어나 병원에서의 하루를 시작했다. 오늘로서 병원생활을 한지 한 달이 되었다. 정말 길고 긴 터널을 지나온 것만 같은 시간을 보냈다. 초조하고 긴장된 시간들, 심장이 쫄깃해지는 시간들을 보내며 얼른 이 시간들이 지나가버렸으면 좋겠다는 생각을 수도 없이 했다. 도저히 좋아질 것 같지 않던 그런 고통스러운 시간이 지난하게 흐르고 지금은 정말 기적 같은 일이 남편의 몸에서 일어나고 있다. 수술 후 장운동이 되지 않아 장으로 내려가야 할 쓸개즙들이 구토로 나오는 것을 막기 위해 장으로 연결한 줄에선 그동안 엄청난 양의 즙을 쏟아냈었는데 그저께부터 쓸개즙이 현저하게 줄어들더니 어젠 아예 보이지 않을 정도로 나오지 않았다. 이 즙이 나오지 않아야 장기 활동이 원활하게 이뤄지고 있다는 것인데 이것을 밖으로 배출하는 것이 아닌 장으로 내려가야 정상적인 장운동이 되고 있는 것이다. 지난 금요일부터 오늘까지 남편은 비록 좌약에 의존했지만 대변을 잘 보고 있고 방귀도 잘 나오고 있고 무엇보다 오늘 담당의사가 좋은 소식을 전해주었다. 며칠 동안의 x-ray 사진을 보니 많이 좋아졌다고. 이제 x-ray를 내일까지만 찍고 그만해도 된다고. 그 말에 우리는 뛸 듯이 기뺐다.

 그동안 남편은 한 달 동안 금식을 해 살이 많이 빠졌고 나도 간호하느라 또 제대로 먹지 않아서 역시 살이 빠졌다. 앞으로 남은 일은 남편이 금식을 벗어나 식사를 하게 되고 나 또한 함께 밥을 먹을 수 있는 날을 기다리는 것이다. 조금씩 천천히 나아지고 있는 것을 내 눈으로 확인하는 기쁨은 바로 내 눈앞에서 보게 되는 기적인 것이다. 이 모든 것에 감사한다. 이런 기적이 일어날 수 있도록 기도해주신 분들께도 진심으로 감사드린다.

 9월 13일, 남편의 상태가 좀 더 좋아져 쓸개즙을 인위적으로 빼내는 기계 대신 자연스럽게 코 줄로 배출되도록 조치를 취했다. 이 기구를 당분간 달고 있어야 하겠지만 언젠가는 이것 또한 뺄 수 있게 될 것이다. 하나하나 몸에 달려있는 것들을 제거할 수 있는 날이 오기를 기다리며.

 9월 17일, 추석 연휴에 남편의 상태가 점점 호전되어 이제 좌약을 넣지 않아도 저절로 변도 잘 보게 되었고 코 줄로 연결된 장기에서도 쓸개즙도 거의 나오지 않게 되었다. 오늘 다시 새벽에 x-ray를 찍은 결과 아직 유착이 심하긴 하지만 그래도 재수술을 할 필요는 없게 되었고 무엇보다 다행인 것은 다음 주 월요일부터 코 줄을 빼고 유동식을 먹을 수 있게 된다는 것이다. 그 말에 우리는 얼마나 기뻤는지! 남편이 병원에 입원 한 후 35일 만에 듣게 되는 기쁜 소식이다.

 9월 19일, 오늘 새벽 5시, x-ray를 촬영하고 병실로 돌아와 다시 잠이 들었다가 6시30분에 일어나 여느 때와 다름없이 병원에서의 하루를 시작했다. 병실에서 바라보는 하늘은 하루도 같은 모습이 아니다. 오늘은 유독 드높고 깊어진 맑은 하늘의 모습에 새삼 가을이구나! 하는 생각이 들었다. 아침이면 찾아오는 간호사는 이제 영양제 대신 포도당을 달았고 하루에 얼마만큼의 물을 마시는지 체크한다고 했다. 마시는 물의 양에 따라서 또 변을 보는 횟수와 소변 양에 따라서 앞으로 차츰차츰 유동식으로 바뀌게 될 것이다. 병원에 입원해 수술 후 37일 동안 달고 있었던 코 줄도 오늘 드디어 빼게 되었다. 그동안 이 코 줄이 장까지 연결되어 있어 남편의 코가 헐 정도로 힘들어 했었는데 이것이 제거되는 것만으로도 병이 다 나은 것처럼 홀가분하다며 남편은 그 기념으로 사진을 찍자고 했다. 우리는 사진만 찍으면 아무리 상황이 좋지 않다 하더라도 절로 웃고 마는 낙천적인 성격인데 남편이 내 얼굴을 보더니 그새 얼마나 고생이 많았으면 이렇게 주름이 많이 생겼냐고 속상해 했다. 살이 많이 빠진 건 오히려 남편이다. 앞으로 남편은 퇴원하게 되더라도 평생 과식과 폭식은 금지다. 그럴 경우 장에 무리가 와 언제 또 병원에 실려 가게 될지 모르니까.

늦은 오후, 회진시간에 담당의사로부터 내일부터 식사를 할 수 있게 된다는 말을 듣게 되었다. 정말 기쁜 일이다. 나는 오늘 하루 정말 오랜만에 환하게 웃을 수 있었다. 더불어 우리의 서로에 대한 믿음과 애정은 마치 가을하늘처럼 더 깊고 더 높아만 갔고 오늘은 그 어느 때보다 더 감사했던 날이다.

8월 13일 교통사고를 당한 후, 죽을 고비를 넘기고 10주 만에 퇴원한 남편은 그 후 몇 주 동안 다른 병원에서 다리 재활치료를 받고 퇴원할 수 있었다. 참 길었던 고통의 시간이었지만 그 사고로 인해 우리 가족은 서로를 생각하는 마음이 더욱 더 굳건해져가는 걸 느낄 수 있었다. 살면서 겪게 되는 것들 중, 삶과 죽음의 갈림길에 놓이는 일만큼 마음을 힘들게 하는 큰일은 없을 것이다. 굴곡진 우여곡절의 시간들이 그야말로 파란만장했던 우리들의 삶에 어떤 다른 힘든 일이 온다 해도 이제는 이겨내고 극복할 수 있는 큰 힘이 생긴 것만 같았다.

영원히 사랑하는 부모님을 우리 곁으로 모셔오다

　세종시에서 삼년을 살았고 아이를 고등학교로 진학시키기 위해 다음 해 우리는 청주시로 이사를 갔다. 청주시에서 부모님의 납골당이 있는 남양주까지 자주 갈 수 없어 늘 아쉽다는 생각을 하며 내 마음속으로 계획하고 있었던 납골묘를 이전하기로 하고 2018년 작년 10월에 부모님의 유골함을 우리 곁으로 모셔오기 위해 남양주로 향해가던 길에 팔당대교를 건너가며 여느 때와는 사뭇 다른 느낌이 새삼스레 느껴졌다. 4년 전, 세종시로 이사 와 지난 몇 년간 나는 부모님이 안치되어 있는 그곳으로 갈 때마다 이 길을 지나갈 때쯤이면 언제나 안도감을 느꼈었다. 부모님과 물리적으로 멀리 떨어져 있다는 생각에 불안한 마음이 들다가도 팔당대교를 넘게 되면 드디어 만날 수 있다는 반가움과 기대감에 설레었는데 이제는 이 길도 다시 올 필요가 없다는 생각에. 그곳에 도착해 부모님의 유골함을 마주하는 순간, 나는 만감이 교차했다. 앞으로는 가까이서 보고 싶을 때마다 언제든 볼 수 있게 되리란 기대감으로 얼마나 마음이 놓이는지. 이제는 자주 찾아뵙지 못해 느끼는 죄책감을 가질 필요도 없을 것이고 부모님을 떠올리기만 하면 절로 눈물이 흘러 참 많이도 울었던 지난 시간만큼 앞으로는 자주 찾아뵙고 웃을 것이라는 생각으로 기쁨이 넘치는 날이었으므로. 동생들보다 먼저 도착한 남편과 나는 부모님이 계신 납골당에서 마지막 기념사진을 남겼다. 이제 우리와 함께 새로운 곳으로 가실 것이니까. 세상에서 내가 가장 존경했던 사랑하는 아버지가 돌아가셨을 때 나는 겨우 30대 초반의 나이었다. 그때를 떠올리면 아직도 생경하다. 믿기지 않았던 죽음 앞에서 피를 토하듯 오열해야만 했었던 순간순간들. 보고 싶은 얼굴을 순간순간마다 볼 수 없었음에, 듣고 싶은 목소리를 순간순간 들을 수 없었음에, 하루하루 미쳐가던 순간순간들이 아직도 나를 엄습하는데 사랑하는 어머니마저 8년 전, 잃게 되었을 때 살고 싶지 않았었다. 삶의 여한이 없을 만큼 믿기지 않았던 죽음 앞에서 어떻게 살았는지 모른다. 그리워그리워 견딜 수 없는 날엔 차라리 죽고만 싶었다. 그 곁으로 갈 수만 있다면. 그렇게 나를 다독이며 숨죽였던 나날들. 나를 세상에서 가장 사랑하셨던 부모님을 잃은 슬픔은 무엇으로든 표현할 수 없는, 마치 생살이 뜯겨나가는 듯 가장 아픈 고통 중의 고통이었다.

드디어 부모님의 유골함을 봉안당에서 빼내 동생이 가슴에 안는 순간, 말할 수 없는 안도감에 내 마음에 평화가 찾아왔고 우리는 흡족한 마음으로 이곳에서의 마지막 기념사진을 남겼다. 순간순간을 늘 함께 하는 내 동생들과 내 남편 그리고 막내 제부 그들을 진심으로 사랑한다. 부모님의 유골함을 안전하게 모시고 가면서 나는 내가 죽을 때까지 사랑하는 내 부모님을 우리 곁으로 모셔올 수 있게 된 것에 진심으로 감사했다. 영원히 사랑하는 부모님! 당신들이 제 부모님이신 것에, 제가 당신들의 장녀로 태어나 살아갈 수 있는 것에 어떤 다른 것들보다 귀중하고 가치 있는 인생이라 믿습니다. 당신들을 언젠가 다시 만날 수 있는 날이 오면 반갑게 기꺼이 맞이할 것입니다. 사랑합니다! 진심으로.

지금까지 살아계신다면 올해 내 어머니는 77세를 맞이하셨을 것이다. 아직도 그때의 안타깝고 불쌍하기만 했던 내 어머니의 모습이 떠오른다.

소중한 만남

내 삶에서 행복과 불행은 늘 동전의 양면처럼 존재해왔다. 하지만 사람들은 불행한 일은 지우려 애쓰고 행복한 일만 기억하려는 경향이 있다. 그러나 나는 내게 일어난 불행을 애써 지우려 하지 않았고 그 불행으로 인해 내 행복은 더욱 빛날 수 있었던 것이다. 어떨 땐 말러교향곡의 5번 4악장 아다지에토처럼 그렇게 존재의 지독한 슬픔과 외로움으로 느껴지기도 했고 때론 베토벤 교향곡 9번의 합창처럼 환희의 송가가 울려 퍼지기도 했다. 고난 없이 왕관을 얻을 수 없는 것처럼 내가 겪은 불행을 거울삼아 나는 행복이라는 왕관을 쓸 수 있었다.

2019년을 맞이했다. 언제나 변함없이 내 막내 동생 내외는 국내에서 우리와 함께 설날을 보내기 위해 입국해 가까이 모신 부모님의 봉안당으로 함께 가 기쁘게 부모님께 인사를 드리며 우리의 고향인 부산에 대해서도 얘기를 나눈다. 올해 2019년에는 또 부산으로 여행을 떠날 것인지? 마침, 오랫동안 소식이 끊겼던 내 자매와도 같았던 정겨운 친구에게서 연락이 왔다.

점점 나이가 들어가니 더욱 옛 것에 대한 향수가 짙어지고 강렬하게 그리워지는데 지난 2년 동안, 내 부모님과 살았던 집과 동네, 학교, 교회, 직장을 찾아 지난 날 그리워했던 그리움의 실체를 확인하면서 기쁨을 느꼈다. 그러나 단 하나 아쉬웠던 것은 다름 아닌 친구들에 대한 소식이 무척이나 궁금했는데 그 실마리를 찾을 수 있는 단서가 되어주는 내 소중한 친구와 연락이 되므로 나는 그제야 비로소 내가 바라고 원하는 완성된 그림을 그릴 수 있다는 생각이 들었다. 내 친구들은 내 삶의 한 부분을 차지하며 추억을 함께 공유하던 소중한 인연인지라 우리의 20년 만의 조우는 더욱 기쁘고 반가울 수밖에 없었다. 내 친구는 내가 초등학교 2학년일 때 교회에서 만나게 된 아주 오래된 친 자매와도 같은 친구이기도 하고 우리의 초. 중. 고등학교 시절을 함께 보낸 친구이다. 착하고 순수하고 때 묻지 않은 맑은 영혼을 가져서 서로에게 어떤 흉허물도 문제가 되지 않을 만큼 계산적이지도 이기적이지도 않은 사람들이라 우린 20년 만에 만났어도 어제 만난 친구들처럼 말할 수 없이 반가웠다. 서로 만나 부둥켜안으며 기쁘게 웃었다. 지천명의 나이를 넘겨 예전보다 주름지고 외모는 조금씩 달라졌지만 우리의 마음은 그때 그대로였다. 친구란 그런 것이다. 오랜 세월이 흘러도 서로를 생각하는 마음은 그대로라는 것, 잘난 척 하지 않고 흉보지 않고 매일 먹어도 질리지 않은 피와 살이 되어주는 좋은 음식 같은 존재라는 걸 나는 절실히 깨달았다. 서로 맛난 것들을 사주고 싶어 하는 마음, 서로가 잘 되었으면 하는 마음, 그 진실한 마음이 변함이 없다는 사실에 내 마음은 훈훈하기 그지없었다. 오랜 시간이 흘러도 변하지 않는 소중한 것들, 그것은 서로에 대한 변치 않는 따뜻하고 정다운 마음 뿐 만이 아니었다. 몇 십 년 만에 찾아갔어도 전혀 하나도 변하지 않아 그대로여서 더 반갑고 다행인 것은 내 마음을 편안하게 했고 안심하게 했고 기쁘게 했다.

변함없이 느껴지는 내 고향 부산의 공기와 바다 냄새, 변함없는 내 고향 사람들의 투박하지만 정겨운 말씨, 변함없이 제 자리를 지키고 있는 추억 어린 공간들, 그리고 오래 전에 맺었던 소중한 인연들 속에서 나는 더 이상 공허하지 않으리라 생각했다. 언제든 찾으리라. 살다가 마음을 다치는 일이 생기면 치유하기 위해 찾을 것이며 살다가 다시 힘든 일을 만난다고 해도 툴툴 털어버리고 다시 일어설 수 있는 용기를 얻기 위해. 내 고향 부산은 내가 늘 그리워하던 소중한 것들이 세월이 흘러도 변함없이 그대로 있는 곳이니까. 게다가 그곳에는 내 마음과도 같은 따뜻하고 마음 고운 사람이 기다리고 있을 테니까.

다음의 귀향에선 늘 보아왔던 것들 말고 새롭게 변모한 내 고향 부산의 모습들을 만나보고 싶다.

안녕, 내 마음

초판 1쇄 발행 | 2020년 6월 29일

지은이 | 하미향
펴낸이 | 김지연
펴낸곳 | 마음세상

주 소 | 경기도 파주시 한빛로 70 515-501

신고번호 | 제406-2011-000024호

신고일자 | 2011년 3월 7일

ISBN | 979-11-5636-414-6 (03810)

원고투고 | maumsesang2@nate.com

* 값 13,200원

* 이 도서의 국립중앙도서관 출판예정도서목록(CIP)은 서
지정보유통지원시스템 홈페이지(http://seoji.nl.go.kr)와 국
가자료종합목록 구축시스템(http://kolis-net.nl.go.kr)에서
이용하실 수 있습니다. (CIP제어번호 : CIP2020023375)